TENTATIVAS DE
CAPTURAR O AR

Flávio Izhaki

TENTATIVAS DE CAPTURAR O AR

Rocco

Copyright © 2016 by Flávio Izhaki

Direitos para a língua portuguesa reservados com exclusividade para o Brasil à
EDITORA ROCCO LTDA.
Av. Presidente Wilson, 231 – 8º andar
20030-021 – Rio de Janeiro – RJ
Tel.: (21) 3525-2000 – Fax: (21) 3525-2001
rocco@rocco.com.br
www.rocco.com.br

Printed in Brazil/Impresso no Brasil

preparação de originais
Pedro Karp Vasquez

CIP-Brasil. Catalogação na fonte.
Sindicato Nacional dos Editores de Livros, RJ.

I97t   Izhaki, Flávio
         Tentativas de capturar o ar/Flávio Izhaki.
         – 1ª ed. – Rio de Janeiro: Rocco, 2016.

           ISBN 978-85-325-3032-5 (brochura)
           ISBN 978-85-8122-653-8 (e-book)

             1. Romance brasileiro. I. Título.

                         CDD – 869.3
16-33522   CDU – 821.134.3(81)-3

Para Bá, Anita e Joana.
Minha mãe, meu pai e Elisa.

NOTA DO EDITOR

O livro a seguir é incompleto. Trata-se da pesquisa biográfica da vida do escritor Antônio Rascal realizada por Alexandre Pereira. O biógrafo pesquisava havia quatro meses quando faleceu num acidente de automóvel. O autor ainda não começara a escrever a biografia propriamente dita, mas o trabalho já estava adiantado em tal ponto que acreditamos que vale a pena ser publicado. Estão aqui reunidos os diários de Pereira, dois textos supostamente inéditos de Antônio Rascal e trechos da relação entre o escritor e seu filho, enviados ao biógrafo por esse último. Constam também entrevistas conduzidas pelo biógrafo com pessoas próximas ao escritor.

Em suas notas e no diário, Pereira não sugere como organizar a biografia. Os arquivos estavam separados apenas por temas no computador do autor, então a ordem de apresentação dos documentos deste livro é escolha do editor. Uma escolha difícil, uma interpretação possível. Acredito, no entanto, que esse livro possa ser lido em qualquer ordem.

Abril de 2015

PREFÁCIO

Sem medo de generalizar, todo ser humano evita ao máximo pensar sobre sua própria morte. Até o momento final, ou quase, é impensável que se realize com clareza que dali a pouco você não irá mais existir. Pensar sobre a própria morte é visto como uma coisa mórbida, de quem não quer mais viver, desistiu. Mas não é só isso. Querendo ou não transpô-la, há uma parede que nos protege do fim. Grandes filósofos já pensaram sobre isso. Mas sempre preferi os romancistas, como meu marido, para levar a questão além.

Igualmente quase impossível é pensar com a cabeça do outro. Aqui temos uma questão empírica. Você, eu, qualquer um, sabe que cada indivíduo é a soma de todas as suas vivências, latências e limitações. Cada pessoa nasce una e se afasta ao infinito para essa ilha de combinações. Quando bebês, já somos diferentes, mas menos diferentes do que seremos quando chegar o nosso fim. É um axioma matemático, possivelmente até explicado com letras e números.

O desafio de escrever uma biografia é destinado ao fracasso justamente por isso. Cabe ao biógrafo não somente contar a vida do biografado, mas tentar entender o caminho, e como a trajetória foi alterada por algo antes. Porém, ele já vê, lê, pensa, tudo *a posteriori*. Ele julga o acontecido sem ter todas as informações do que fez cada um, meu marido no caso, chegar até ali, e em que ponto da vida ele estava quando tomou sua decisão, e como essas pequenas escolhas afetam as grandes dali a pouco ou muito. Mas como entender escolhas se pensamos diferente, reagimos diferente, mostramos nossas virtudes e fraquezas de modo diferente? Somente meu marido poderia ter escrito aqueles três livros, apenas ele poderia ter tomado decisões antes e depois para que sua vida tenha se direcionado para o jeito que se encaminhou em seus últimos 30 anos. Mas nem ele, no fundo, poderia escrever sua própria história do modo como eu gostaria de lê-la aqui.

Minha expectativa como esposa, viúva, era dar um passo atrás para tentar entendê-lo, deixar que o biógrafo enxergasse a trajetória de Antônio, o arco de sua vida, para contar uma história possível. Mas era uma tarefa que nascia impossível, mesmo parcialmente realizável. Eu não conseguia ver, no entanto, cega, como todos, embaçados pelo fim que nunca chegaria, mas no caso dele chegou antes de mim. Mais do que uma biografia, ou uma pesquisa biográfica, o mérito de Alexandre Pereira está em colocar algumas perguntas que eu não ousaria propor.

Sobre as respostas, ficam para o leitor. Se ele achá-las, com o perdão da franqueza, é porque não entendeu nada.

PAULA RASCAL
Abril de 2015

BIÓGRAFO

PARTE 1
A PERGUNTA

1º DE ABRIL DE 2014

A grande pergunta que tenho que responder com essa biografia é por que Antônio Rascal nunca mais publicou. Cada leitor estará interessado nisso ao comprar o livro e os jornalistas me farão essa pergunta quando me entrevistarem para a divulgação do lançamento. Da minha resposta, ou melhor, da minha capacidade de responder categoricamente a isso, dependerá o sucesso da biografia.

Essa pergunta me aterroriza.

Mas outra condição me coloca em posição ainda mais vulnerável. Quem sou eu para saber a resposta? Por que eu tenho o direito de me armar da sabedoria de responder a essa pergunta? Eu não conheci AR, nunca tive contato direto com ele. Certamente em algum momento a família também me fará a pergunta, a pergunta do lado deles. Quem sou eu, quais as minhas qualificações para escrever essa biografia? E eu terei que responder, de modo pomposo, que minhas teses de mestrado e doutorado são sobre o autor, que minha pesquisa (e sobre o que era sua pesquisa mesmo?) – "A cidade na obra de Antônio Rascal – percepções e impasses na esquina da aldeia" – mereceu grau máximo.

Muito bem, talvez respondam, temo que respondam, sua pesquisa deve ser muito boa, porque cidade não é um tema primordial na obra de AR e teses de mestrado e doutorado sobre ele pipocam a cada semestre com uma velocidade maior do que o Lattes tem para catalogá-las.

Aí, encurralado, terei que falar que a minha tia é tradutora na editora que publica a obra de AR, e que conheci o publisher numa festa de aniversário e, bêbado, comentei que era o maior fã de Rascal (leve exagero), no que o editor (também bêbado, mas não tanto quanto eu) sugeriu que eu escrevesse a biografia. E eu aceitei.

Talvez o sujeito não estivesse bêbado.

Mas eu estava quando disse "Claro", e também quando repeti isso por e-mail na mesma semana.

2 DE ABRIL DE 2014

Meu maior medo não é fracassar em responder "A pergunta". No fundo, todos querem uma resposta, esperam uma resposta, mas se contentarão com hipóteses bem formuladas, amparadas em entrevistas, cruzamento de fatos, checagem de histórias. Meu temor é encontrar – ou receber – textos inéditos de AR.

Eu sempre penso nos maiores especialistas em artes plásticas na era da reprodutibilidade técnica e de farsantes melhores que os originais, que se arvoram de uma verdade absoluta para dizer que tais quadros são falsos. Olha aqui, dizem, essa pincelada tem três centímetros, a de Van Gogh nunca passou de dois. Olha essa descoloração na parte superior do quadro. Impossível. Picasso começava pintando de baixo para cima e, neste caso, a tinta responde de modo diferente.

E no caso de AR? E no caso de Antônio que não publicou nada nos últimos 26 anos? Um autor que só lançou três livros, e que entre si guardam semelhanças, mas basicamente diferenças, pode ser resumido? Em um olhar? Eu sei que sou estranho, que o maior sonho de qualquer pesquisador é justamente achar uma cômoda cheia de inéditos. Mas e se não for uma cômoda, mas um punhado de folhas num envelope pardo com as pontas dobradas e um logotipo qualquer sorrindo futuros pontiagudos? Que certeza posso ter de que não é um manuscrito que chegou pelo correio, vindo de um autor novo que emula as pinceladas de dois centímetros do mestre? Outro dia li uma matéria sobre um músico que escrevia poesias diariamente num caderninho surrado, vários deles, ao longo dos anos. Depois de sua morte, a família quis publicar o tal caderninho de poesia. Conseguiram uma editora, um patrocínio estatal, capricharam no projeto, livro pronto, e então: mas essas poesias aqui, ali e acolá não são dele, mas de outros. Ele fazia poesias, mas também copiava o que lia e gostava, sem maldade, imagino. Era só ter perguntado, claro, se o músico-poeta não estivesse morto. Rascal também está morto.

7 DE ABRIL DE 2014

Quando realizei que escreveria a biografia de Antônio, a primeira coisa que fiz não foi reler os livros dele, que sei quase de cor, mas lamber a mão de Lejeune. Vício de acadêmico. Inicialmente minha tese seria sobre a figura do autor em sua obra, no caso de Antônio em seus livros, mas não passei na seleção. No ano seguinte, rumei para a questão da cidade, estilhacei o autor e seus livros e fiquei com um caquinho para chamar de meu. Um microcaquinho, que sequer brilha.

Queria tanto usar Lejeune, mas não consegui. Ei-lo, agora, pronto para me sombrear na batalha da biografia: "Um autor não é uma pessoa. É uma pessoa que escreve e publica. Inscrito, a um só tempo, no texto e no extratexto, ele é a linha de contato entre eles. O autor se define como sendo simultaneamente uma pessoa real socialmente responsável e o produtor de um discurso. Para o leitor, que não conhece a pessoa real, embora creia em sua existência, o autor se define como a pessoa capaz de produzir aquele discurso e vai imaginá-lo, então, a partir do que ele produz."

Minha linha de raciocínio era simples. Para conseguir fazer uma biografia que desvendasse todos os segredos que o leitor gostaria de saber sobre Antônio Rascal, só havia uma pessoa em quem a pesquisa deveria se amparar inicialmente, a esposa de AR, que conviveu com ele por décadas. Na minha ingenuidade, não achei que teríamos problema, afinal o editor me dissera que ela aprovara a ideia de biografia. De posse do número de telefone, liguei para ela. Paula Rascal foi arredia desde o início e se consegui arrancar algumas respostas foi porque entendi rapidamente que eu não teria entrevista alguma. O que se segue é uma recriação de nossa conversa, rascunhada às pressas, sem ajuda de anotações ou qualquer gravação. Para efeitos jurídicos, uma ficção:

Bom dia, senhora Rascal. Quem me passou seu número foi o editor do seu marido. Não sei se ele comentou com a senhora sobre a biografia que irei escrever.

Sim. Mas você sequer disse seu nome.

Ah, desculpe. Alexandre Pereira.

Bom dia, Alexandre.

Bom dia. Então, eu queria agendar uma entrevista inicial, quando for mais conveniente para a senhora, para começarmos.

Olha, menino, não vai haver entrevista.

[silêncio]

[silêncio]

Desculpe, vamos retomar. O editor falou sobre a biografia, que a família estava de acordo com a biografia, correto?

Sim, estamos. Você está autorizado a escrever a biografia com a senhora? Ele me disse.

Pois então. Eu achei que a pesquisa deveria começar pela relação de Antônio com a família, com a senhora, que viveu quase 30 anos com ele, e com o filho de vocês.

32 anos.

32 anos. Ótimo. De cabeça, isso me parece que estavam juntos desde antes do segundo livro de Antônio.

Sim, nos conhecemos alguns meses depois do lançamento do livro de contos. Mas não adianta. Não faremos nenhuma entrevista. Você pode fazer a biografia, posso ser eventualmente consultada sobre um assunto ou outro para checar dados e histórias, mas não espere de mim que conte qualquer história.

Mas a senhora compreende que isso dificulta bastante meu trabalho.

Talvez, mas vai fazer com que procure respostas por si mesmo. No final, vai me agradecer.

[silêncio]

[silêncio]

[silêncio]

Estamos conversados então?

A senhora pode pelo menos me responder algumas dúvidas iniciais? É checagem de dados. Quando se conheceram, como se conheceram, em que ano o filho de vocês nasceu...

Para, para, para. Não. Não estou interessada em responder isso agora.

Agora ou nunca?

Olha, primeiro preciso que feche a questão contratual com a Teresa.

Sim, já tenho uma reunião marcada para amanhã.

Ótimo. Passa seu endereço de contato para ela. Tenho um material muito interessante para mandar para você.

Ah, ótimo. Aguardo esse material, então. Pode me adiantar do que se trata?

Não. Você vai ver.

Depois de ler esse material retornarei para a senhora com dúvidas, tá?

Mas você ainda nem leu e já fala em dúvidas. Mas tudo bem, apressadinho. Como disse, para checagem de fatos e dúvidas eu posso ser consultada.

Checar quando se casaram seria uma dúvida, correto?

Bom dia e boa sorte.

Obrigado. Bom dia.

8 DE ABRIL DE 2014

Entrevista com a agente literária Teresa de Aquino. Anteriormente, conversáramos por e-mail para marcar a entrevista e o que seria discutido.

[material editado*]

Quando começaram a trabalhar juntos?

Foi em 1984, alguns meses depois do lançamento de *Veranico*. O mérito é todo de Antônio e do romance. As primeiras resenhas tinham sido bastante favoráveis. Meu trabalho inicial foi tentar que o livro não morresse depois de lançado. Ele queria que o livro saísse fora do Brasil, mas eram outros tempos e eu sabia que não seria fácil. O mercado europeu estava muito fechado para o autor brasileiro não exótico. Não adiantava tentar vendê-lo como Jorge Amado. De início, não consegui nada.

---

* Para que fique claro, o material foi editado pelo próprio autor. Presume-se que a conversa gravada não começou nesse ponto, mas que, quando feita a transcrição, Pereira decidiu começar o texto daí. Na casa do autor não foi encontrada nenhuma das fitas utilizadas nas entrevistas citadas. O celular do autor, local onde as conversas poderiam ter sido gravadas, foi danificado na batida de automóvel que o vitimou. (N. do E.)

Deixa-me recuar: você o procurou ou ele a procurou?

Ele me procurou. Antônio não era conhecido naquela época. O primeiro livro tinha ido bem de crítica, mas saiu por uma editora pequena e esgotou a edição de quinhentos exemplares. O segundo, como disse, foi muito bem de crítica. Saiu uma resenha positiva no *Jornal do Brasil* apontando-o como um dos melhores do ano. Ele me ligou um dia, conseguiu o telefone com Eduardo Pitombas, que era bastante seu amigo. Aliás, você deveria conversar com ele.

Conversarei.

Ele me ligou perguntando se poderíamos marcar uma reunião. Eu disse que sim, porque ele ligou dias após essa resenha, em momento de alta, e achei que valia a pena. Mas eu ainda não tinha lido o livro. Saí para comprar e terminei de ler antes da reunião, que estava marcada para o dia seguinte. Virei a noite lendo. Quando ele entrou na minha sala, na manhã seguinte, eu disse que não dormira quase nada por causa dele. Ele sorriu e disse: "Isso é bom sinal." Eu comentei sobre o personagem do adolescente. Disse que terminei o livro querendo dar um abraço no pobre do João. Você certamente leu, não é?

Claro.

Então.

E qual foi a sua primeira impressão dele?

Boa. Mas ele certamente não tinha o mesmo nível argumentativo falando que tinha escrevendo. O que é normal. Para ser franca, a maioria dos grandes autores não tem o mesmo magnetismo falando. Não é um demérito. Só prova que eles estão na seara certa.

Alguma outra coisa dessa primeira reunião?

Ele era uma pessoa que parecia incomodada com o corpo o tempo todo, inadequado. Ele era bem alto, mas não era apenas isso. Eram os braços, as mãos.

Como assim?

Ele quicava na cadeira, mudava de posição. Derramou um copo d'água no próprio livro que trouxera assinado. Ficou vermelhíssimo, tentou limpar na própria camisa, mas só conseguiu ficar molhado também. Parecia que ele sairia correndo se eu saísse da sala por um minuto. Juro. Ele estava lá, mas não queria estar, mesmo sendo ele quem marcara a reunião. Ele olhava através de mim. Parecia que eu estava uns graus para um dos lados, os olhos dele mirando um horizonte atrás de mim.

Ele era disperso?

Não exatamente. Parecia envergonhado, mas sabia exatamente o que queria. Disse que queria ser publicado fora, que por ele poderia mudar de editora, mas que eu era a profissional e decidiria. Ele me pareceu uma pessoa perfeitamente normal. Para um escritor, pelo menos.

E depois, não?

Desculpe, mas você quer manter a cronologia da entrevista ou não? Eu prefiro que sim.

A senhora manda.

[Silêncio]

Como foi trabalhar com ele inicialmente?

Ótimo. Ele era organizado. Mandou todo o material que pedi rapidamente. As resenhas, o primeiro livro, fotos. Até fotos ele mandou, pra você ver. Essa foto que sai em todas as novas edições de *Veranico* ele me trouxe quando pedi após a primeira reunião. A edição original é sem foto. Eu quem o convenci a colocar uma foto nas edições seguintes. Mas como disse, vender livro brasileiro para o exterior não era fácil. Ele me deu espaço, não ligava cobrando. Os primeiros meses foram mortos, como disse. Na Europa eu não consegui nada, mas achei que teria como trunfo os prêmios. Realmente achei que o livro ganharia algum.

Ele também achava?

Não. Quando falei que depois dos prêmios ele teria mais chance fora, ele disse que apostaria comigo que não ganharia nada. Ele tinha essa mania de falar "Vamos apostar".

E ele ganhou a aposta.

De certa forma, sim, pelo menos num primeiro momento. O livro não ganhou nada, uma grande injustiça, convenhamos. Só não passou em branco totalmente porque foi finalista do Jabuti, mas ficou em nono. Daí em diante ele ligava e se identificava com a minha secretária como o autor nono lugar no Jabuti. Foi assim até o final.

Um traço de humor que não se vê nos livros.

Não sei se é exatamente um traço de humor. Em outra pessoa poderia ser. Em Antônio, não. Era um certo deboche, mas negativo. Uma autocomiseração.

[editado]

Sendo direto, por que a senhora acha que Rascal nunca publicou mais nada?

Não sei e nunca conversamos a respeito. Meu trabalho era valorizar junto às editoras o que ele publicou, não forçá-lo a escrever nada novo. Tenho uma hipótese, como qualquer pessoa do meio literário: Antônio decidiu fugir. Uma fuga imóvel, já que ele continuou vivendo no mesmo apartamento, com a esposa e o filho, mas uma fuga. Eu entendo as fantasias absurdas e criativas que circulam desde então, mas não acho que aconteceu coisa alguma. E muito menos acredito que ele parou de publicar para criar uma figura, uma aura. Não funciona mais. O Brasil, de certo modo, já teve Salingers de todos os tipos. Dalton Trevisan e sua fobia social, Rubem Fonseca e sua fobia de fotos, e Raduan Nassar, o Salinger romântico, que virou fazendeiro e nunca escreveu mais nada. Seria besteira ele pensar que poderia se igualar a esses cânones uma década depois. Tudo já foi feito no mundo literário, mesmo sumir. E Antônio não sumiu. Ele continuava lá.

A senhora pode explicar melhor esse conceito de fuga imóvel?

Eu vejo assim, ou melhor, eu leio assim: ele publicou um livro de contos em que os personagens fogem continuamente, de si, das namoradas, do sucesso, da morte. No segundo livro, diversos personagens repetem a mesma fórmula, mas não da maneira tradicional. Pouca gente lê assim, mas aquele é também um livro sobre fuga, não encarar o futuro. Uma interseção gloriosa numa vida estagnada antes e depois. O nome, *Veranico*, é um acerto, não acha? E o terceiro livro? Fuga novamente. Antônio é um autor em fuga, seus personagens sempre fogem quando confrontados com a realidade. Pode ser literatura, mas de algum modo é o autor lá tratando seus demônios.

Esse conceito de fuga imóvel explica o sumiço social, mas não parar de escrever.

Mas eu não acho que ele parou de escrever. Ou melhor: eu sei que Antônio não parou de escrever. Não me pergunte como. Talvez ele só não tenha escrito mais nenhum livro.

A senhora está dizendo que ele tem coisas inéditas? O que seria, se não livros? Trechos, contos? Um diário?

Não creio que um diário combine com a literatura e a personalidade de Antônio.

Mas a senhora sabe que ele seguiu escrevendo.

Sei.

A senhora, como agente dele durante a vida toda, pode responder então se algum material inédito de Antônio Rascal será publicado.

Isso eu não posso dizer. E não é por questão de segredo. Eu realmente não sei se existe algo que deva ser publicado.

A senhora conversou com ele sobre o que fazer com esse material depois que ele morresse?

Nunca tivemos essa conversa, portanto não escutei de sua boca nem que sim nem que não. De sua boca não escutei nem que ele ainda escrevia.

E quem te disse então? Só pode ter sido a esposa ou o filho.

Prefiro que essa entrevista termine por aqui, sim?

Desculpe a indiscrição. Só uma última pergunta. E deixe-me reformular. Se um inédito de Antônio Rascal chegasse até as suas mãos, você, como agente dele, permitiria a publicação?

Não sou eu quem tem o direito de permitir ou não a publicação. Sou apenas a agente, não a dona do espólio. Mas é importante que se analise a vontade de Antônio. Ele escolheu não publicar mais nada em vida, então talvez ele não fosse favorável à publicação *post mortem*. E como eu disse, o que seria esse inédito... Um livro? Um livro no mesmo nível dos anteriores? Pior, melhor? Quem julgaria de antemão? É uma questão delicada. Você lembra o fracasso que foi o livro póstumo do Nabokov? Não estou comparando os dois, pelo amor de Deus. Enfim. Mas é uma questão que não existe no momento, então melhor não conjecturar demais. Fiquemos por aqui.

[NÃO DATADO*]

Das poucas entrevistas que Antônio Rascal deu em vida, essa resposta me interessa especialmente pois foi após o lançamento do terceiro e último livro.

O que te leva a escrever?

Essa é uma pergunta de resposta impossível. Impossível porque, para o autor, ela é desnecessária. Eu não me fiz essa pergunta quando comecei a escrever, simplesmente comecei. Claro que cada autor tem seus incômodos, seus fracassos, suas incompletudes. Mas elas não serão satisfeitas, preenchidas com um livro. O autor que procura as suas respostas no livro que escreve não vai encontrar. E se encontrar respostas, serão de outras perguntas, não as que, em teoria, o levaram a escrever, porque o vão entre o que se propõe narrar e o papel é intransponível.

Um exercício: ler essa resposta sabendo que ele nunca mais publicou nada.

---

* Por se tratar de um diário, a informação de que certa entrada não está datada é relevante. O trecho entra aqui pela ordem em que ele foi salvo no arquivo de documentos do computador. Com base nisso, podemos estimar quando Pereira escreveu isso, ou seja, entre os dias 8 e 20 de abril, datas das entradas anterior e posterior, respectivamente. (N. do E.)

20 DE ABRIL DE 2014

Entrevista com Eduardo Pitombas, escritor e amigo de AR.

Quando você conheceu Antônio Rascal?

Em 1980, num aniversário de uma amiga em comum, que nos apresentou. Eu já tinha um livro publicado, ele estava começando a escrever. Foi um acontecimento. Era um mundo pré-internet, então ser escritor era ainda mais estranho e isolado. Eu era editado, mas não conhecia quase ninguém e certamente ninguém me conhecia.

Ficaram amigos desde esse primeiro momento?

Sim. De certa forma, um precisava do outro para dialogar. Claro que fora dali – e quando digo dali penso no mundo literário – falávamos também sobre outras coisas.

Que outras coisas?

Futebol, que eu gostava mais do que ele, Carnaval, que ele gostava mais do que eu. E muito papo de bar, tudo e qualquer coisa. Era uma amizade que começava na literatura, mas não acabava nela. Até porque conversar sobre o que se está escrevendo é difícil. Eu não gosto, Rascal odiava. Ele não falava nada sobre o que estava trabalhando.

Antônio gostava de Carnaval? Isso me surpreende um pouco. Nos livros dele, Carnaval nunca é citado e mesmo a figura que é pintada, de isolamento e poucos amigos, não combina.

Mas o que podemos saber das pessoas somente por seus livros? Eu penso muito nesse assunto. Meu último livro fala de adultério. Isso me faz um adúltero? Ou os contos homossexuais do meu quarto livro? Acho que ler um autor e imaginá-lo somente preso aos dogmas que lá estão é bastante limitador. Espero que sua pesquisa indique mais do que isso.

Essa é a minha intenção. Mas qual era, de fato, a ligação de Antônio com o Carnaval? Ir a blocos, assistir a desfiles de escolas de samba?

Só sei o que me contou, mas como disse, nunca fui tanto de Carnaval, então não era como se combinássemos programas para a época. Ele me disse que desfilou no Salgueiro quando mais novo, ainda não era nem no Sambódromo, que saiu uma foto dele vestido de palhaço na capa do jornal. Desfilou também no Império Serrano e numa escola menor que, sinceramente, não me recordo o nome. Ele adorava desfilar, não sei se depois continuou. Perdemos contato, de certo modo. Ele também assistia sempre aos desfiles na Rio Branco e sabia cantar alguns sambas antigos, dizendo o ano e tudo. Gostava mesmo do assunto. Mas eu não acompanhava. Meu prazer no Carnaval era estético, o dele, metafísico.

É a primeira vez que escuto isso. Acho que é uma informação inédita.

Possivelmente, mas as pessoas mais próximas podem atestar. Não digo que Rascal fosse um folião. Ele apenas gostava de desfiles de escolas de samba e blocos.

Em que jornal saiu essa foto? Sabe em que ano foi?

Não sei, mas imagino que no *JB* ou no *Globo*. O ano eu não sei, mas foi antes de começarmos nossa amizade, então não é difícil chegar a um ano preciso. Posso tentar fazer as contas depois.

Por favor. Vou em busca dessa foto. O senhor disse que perderam, de certo modo, contato. Como isso aconteceu?

Não sei responder. Estava pensando nisso depois que você me ligou para marcar a entrevista. Acho que foi o esgarçar natural de uma relação. Ele era fechado, de certo modo. E depois que o filho nasceu tinha menos tempo. Mas pode ter sido antes disso. Nossa amizade teve fases. De início bebíamos toda semana. Depois, tivemos contato regular novamente quando estava lançando meu terceiro livro e ele, o segundo. Fizemos algumas mesas juntos, viagens. Lembro que estivemos juntos em Brasília e São Paulo e também em algumas feiras literárias no interior do estado. Rascal não era pródigo em se enturmar, então nessas viagens estava sempre isolado ou comigo. Nos aproximamos bastante.

Você chegou a perguntar para ele por que ele não publicaria mais?

Essa, posso dizer, é uma falsa questão. Também sabia que me perguntaria isso, então pensei no assunto. Não houve esse momento ou essa frase dele. "Não publicarei mais." Sempre se assume que um autor que teve boa recepção continuará publicando, então de certa forma achava-se que em algum momento o próximo livro dele seria publicado. Ele era um solitário, não se abria sobre o que estava escrevendo, então ninguém perguntava. Passou um ano, dois, três, mas não se falou sobre isso. É natural essa demora. Um hiato de quantos anos significa que a pessoa não vai mais publicar? Cinco anos, dez? Rascal nunca gostou de dar entrevistas aos jornais. Não me lembro dele dando entrevista depois do segundo livro.

Ele deu apenas uma.

Apenas uma? Viu! Uma entrevista. Ele foi perguntado sobre um próximo livro?

Já era uma entrevista para o lançamento do terceiro.

Então, depois do terceiro, não deu mais entrevistas. Se não dava entrevistas, não era cobrado. Rascal é cultuado hoje em dia, mas, na época, ele não tinha assim um grupo grande de leitores que acampassem em sua porta pedindo um novo livro. Ele apenas não publicou mais. E quando, depois de um bom tempo, um jornal tentou de fato entrevistá-lo, e não conseguiu, e tentou com a editora para saber de novos livros, e soube que não tinha novo livro, criou-se o gancho: Antônio Rascal não publica mais.

Isso foi antes ou depois da eleição de *Veranico* como o melhor romance brasileiro dos últimos vinte e cinco anos?

Não sei, mas não duvido que tenha sido exatamente a matéria para consagrá-lo. Ou seja, a repórter tinha tirado a sorte grande. Antônio Rascal, o melhor autor brasileiro vivo, segundo especialistas, não quer mais publicar. Criou-se um mito.

[editado]

Você acha que ele é o melhor autor brasileiro vivo?

De jeito nenhum. Até porque ele está morto. [risos]

[editado]

Entrevistei a agente de Antônio e a resposta dela sobre Rascal não mais publicar foi um conceito de "fuga imóvel".

Ele não foi embora, permaneceu em casa vivendo sua vida, mas é como se tivesse fugido. O que acha dessa teoria?

É um belo conceito, poético, estrategicamente pensado, eu diria.

Como assim?

Deixa pra lá. Mas, sim, tenho que admitir que casa bem, até mesmo com a personalidade de Rascal. Ele era contemplativo, mas não com o exterior. De repente, desligava-se para dentro.

E foi sempre assim?

Como assim?

Ele sempre se desligou ou isso mudou com o tempo? Ou se acentuou com o tempo?

Não, não. Rascal foi sempre assim. Uma vez aconteceu durante um debate. Para a defesa dele era uma mesa com mediação de um político local que falou por vinte minutos ininterruptos. Aí passou a bola para Rascal, só que ele não estava lá, digamos assim.

[silêncio]

Nossa, pensando bem, quando Rascal estava lá? [risos] Ele era péssimo em eventos, parecia sempre desconfortável.

Ele não se adaptaria bem ao mercado atual com dezenas de feiras, o escritor como showman, conchavos entre autores e curadores, panelinhas. Facebook! Imagina Rascal postando coisas no Face. Acho que seria daqueles que nem sequer colocam uma foto no perfil.

Ele era ruim de palco?

Ruim de palco? [risos] Você faz isso soar sujo. [risos]

[silêncio]

Não era isso. Ou não era só isso. Mas ele não se adaptaria. Rascal não gostava de contar histórias, não saberia encaixar uma anedota sobre o fazer literário. Ele apenas respondia o que lhe perguntavam. Ficava aflito em responder exatamente o que lhe era perguntado. Não se permitia nenhum desvio. Ele agia como se estivesse respondendo uma questão de prova, com gabarito no verso da folha. Ele falava e buscava o aceno de concordância nos rostos dos interlocutores. Caso não viesse, ele dava uma pausa, reorganizava a fala e tentava novamente.

O senhor vê alguma ligação entre o silêncio dele em publicar com essa quase necessidade de se expor em palestras e eventos para divulgar o livro?

Não. Rascal simplesmente poderia se negar a fazer mais aparições públicas depois da fama que seus novos livros continuariam vendendo. Ele fazer esse sucesso todo que foi improvável, ele parar de publicar não foi de certa forma uma surpresa.

Certo. Voltando a um tema anterior. O senhor disse que não conversavam muito sobre o que cada um estava escrevendo, mas fiquei pensando aqui se Antônio poderia ter em algum momento contado de algum livro em andamento...

Não. Nem depois do terceiro nem antes. O único livro a respeito do qual falamos sobre antes da publicação foi o de contos, o primeiro, mas não foi discutido nenhum enredo em si ou ele me mostrou antes da publicação. Ele só disse que precisava achar uma editora e recomendei a de Zélio Moura, que foi exatamente quem lançou. Depois disso, nunca mais. Éramos amigos, não apenas amigos escritores.

6 DE MAIO DE 2014

Entrevista com Zélio Moura, editor dos dois primeiros livros de AR.

Como o senhor conheceu Antônio Rascal?

Conheci primeiro sua literatura. Ele enviou os originais do primeiro livro de contos para a editora, acompanhados de uma carta de recomendação de um autor que eu não conhecia: Apolônio Marques. Primeiro li a carta, que era interessantíssima. Não ficava apenas num elogio simples. Contava a história de como ele [o autor conhecido] tinha entrado em contato com Antônio Rascal, de como ele batera em sua porta, nervoso, com o livro em mãos, da qualidade do texto, de como ele [Apolônio] tinha tentado achar o escritor posteriormente, mas que Rascal não tinha deixado contato, e a carta que agora ele me entregava era uma recomendação de publicação (com o original dos contos em anexo), uma tentativa de se fazer justiça ao escritor e encontrá-lo. Você conhece essa história, não é?

Sim, claro. O primeiro conto do livro de estreia dele.

Eu achei bastante original. Não apenas o conto, mas a apresentação. Me fisgou completamente. Eu abri o livro encadernado para ler e lá estava, no sumário dos contos: Apolônio Marques. E a mesma carta de apresentação no espaço do último conto. Eu que o convenci a colocá-lo em primeiro. Esse é o melhor conto, diga-se de passagem. O livro é irregular. Tem dois ou três muito bons, este que é ótimo. Na edição final são treze contos. Eram quinze, mas o convenci a tirar dois deles. Um era um experimentalismo de linguagem muito fraco, um pastiche de Rosa urbanoide que não combina nada com o que ele fez depois.

E o outro?

O outro eu não tenho certeza, só li duas vezes, na época da edição, e como trabalhávamos com originais de papel, não arquivos de Word, nem tenho como recuperá-lo. Acho que era um conto sobre o primeiro amor de um garoto. Não encaixava com o resto do livro.

Voltando um pouco. Depois de receber os originais, como foi o processo?

Eu já decidira publicar depois de ler a carta. Sabia que tinha um bom autor ali. Fiquei pensando que ele deveria ter mandado o mesmo material para várias editoras. A minha era pequena e não necessariamente conhecida como melhor em nada, então eu precisava ser rápido. Li o livro todo e liguei para o telefone de contato no dia seguinte. Combinei uma reunião na editora.

E então?

Ele não foi. Na hora marcada, ele ligou para a editora e disse que não ia. Mas disse que queria que o livro saísse mesmo sem a reunião. Perguntou se eu tinha interesse. Eu respondi que sim. Ele desligou. Achei que a ligação tinha caído, naquela época as ligações caíam. Meia hora depois ele apareceu na editora, minha secretária avisou que tinha um rapaz na recepção dizendo que tinha uma reunião comigo e que estava atrasado. Mandei entrar. Ele se apresentou, era a mesma voz do telefonema. Eu fiquei um pouco confuso e não disse nada por quase um minuto, queria ver o que ele falaria daquilo tudo. Ele sentou na cadeira, ficou olhando em volta, maravilhado, meu escritório na sede anterior era menor, mas tinha uma estante cheia de livros. Ele ficou admirando. Parecia não se importar com o silêncio. Depois de um tempo levantou, passou pela minha mesa e puxou um livro. Folheou. A situação era estranhíssima, desconfortável, ele em pé atrás de mim, em posição superior. Ele era bastante alto, você sabe. Escritores geralmente não são altos. Eu tinha até uma teoria sobre isso, mas caiu depois de conhecê-lo.

O que estava falando mesmo? Ah, sim, ele estava atrás de mim. Eu me senti indefeso. Ele era alto pra burro, um jovem com físico de atleta. Ele voltou a sentar, com o livro em cima da mesa, e perguntou se poderia levá-lo. Foi a primeira coisa que disse em uns dois minutos. Eu respondi que sim, claro. Naquele momento teria dito sim para qualquer pergunta.

Qual livro era?

Não tenho ideia. Era um livro da editora, mas não sei qual. Eu perguntei por que ele ligara antes de vir. Ele sorriu, um sorriso de criança sapeca. Ele era bem jovem naquela época. Quantos anos ele tinha?

Se o livro saiu logo depois, deveria ter vinte e três.

Pode ser. Ele disse que estava nervoso, que não lidava bem com rejeição. Eu não fiquei satisfeito, insisti, dizendo que se eu o chamara ali, era claro que queria publicar. Ele respondeu que imaginava, mas mesmo assim achou melhor ligar. A reunião mesmo não demorou. Eu disse que o livro entraria no cronograma da editora, que dali a uns meses eu faria contato para darmos início ao processo editorial, que até lá ele podia mudar o que quisesse, depois, não.

[editado]

QUEDES
OU
A RIGOR SERIA ISSO

Eu preciso confessar minha culpa a alguém, filho, e só pode ser para você, que ainda não pode me julgar; eu me julgo de antemão, e nessa confissão me condeno. A execução da pena ficará em suspenso até o dia em que você ler esse texto e souber o que fiz. Até agora, e quando falo agora penso tanto no momento em que escrevo quanto no que você está lendo, possivelmente décadas depois, ninguém sabe o que fiz. Você, mesmo ainda na barriga da sua mãe, e talvez por isso, pode ser o ancião que escuta minha confissão na porta de Quedes. Com o que faço aqui, peço permissão para entrar no local de onde nunca mais poderei sair.

Partilhar o silêncio comigo é algo que não te peço, pois assim estaria te trazendo para dentro do inferno em que estou, e quando uso essa palavra não estou conferindo nenhum sentido religioso conhecido. Meu inferno são as trevas da culpa, do dedo apontado em minha direção, acusatório, e da certeza de que esse é o meu próprio dedo. O que faço nessa confissão com data de validade vencida é aceitar o peso do espelho que reflete minha própria mão me acusando. A condenação jurídica, então, será menor, caduca, prescrita, e caberá a você julgar se a mereço ou não, metaforicamente, continuar pagando pelos meus atos. Pelo que fiz nunca irei para a cadeia, posso afirmar de antemão. Do mundo dos homens estou para sempre protegido.

Mas antes disso deixe-me contar o quê e como aconteceu, se tive culpa do acontecido ou só dos desdobramentos do ocorrido. Admito: uma pessoa morreu. Não vejo necessidade de nomeá-la porque precisamos que o julgamento seja cartesiano – sou culpado ou não? (e na palavra culpado penso suprajuridicamente, não estou falando em dolo e culpa, mas algo maior, metafísico); e como devo ser tratado após o reconhecimento da ação.

Fato: atropelei uma pessoa, que faleceu ali mesmo.

Ninguém viu, ficou sabendo, mas aconteceu. O caso não chegou aos jornais, a polícia não bateu a minha porta, não houve um inquérito propriamente dito pela morte dessa pessoa, quem sabe apenas pelo seu desaparecimento, e nisso também estou envolvido, mas ainda não é hora para que a história seja desdobrada. Uma confissão também precisa de ritmo, que seja encadeada com os fatos, e num primeiro momento apenas confesso que fui o praticamente do ato, via o para-choque do meu carro.

Escrevo-te seis meses depois do ocorrido, e você ainda nem nasceu, está na barriga de sua mãe, inocente.

Eu, não. Penso constantemente no assunto e adianto-lhe que me condenei, e por isso meu depoimento será, sem dúvida, contaminado pela certeza da necessidade de uma sentença. Qual? Não faço ideia. Mas preciso pagar pelo que fiz e me confessando talvez eu encontre uma possível punição.

Queria ser cartesiano, e em alguns momentos, durante essa confissão, o serei, afastando-me totalmente do que está sendo narrado. Mas em outras fracassarei e transbordará um sentimento que julgo intrínseco ao homem, a culpa, o sentimento de culpa, e algo menor, a necessidade de perdão. Mas não perco de vista que a confissão de minha culpa não a expia.

No entanto, preciso que seus olhos vejam o que aconteceu para que eu possa sentir vergonha, e daí ser condenado ou perdoado, mesmo punido. Sei que o papel que lhe cabe é inglório, pesado, injusto, mas cada um carrega o céu negro que lhe cabe na alma, e a sua já vem ao mundo turvada por uma noite escura, de um crime que eu, seu pai, cometi e não paguei.

Pois comecemos assim, situando uma data: 10 de agosto de 1988.

Um carro compacto corta a estrada auxiliar, de mão dupla, entre Corrêas e Itaipava. Já passa das onze da noite, faz frio, agosto. Os vidros estão levantados ao limite, a calefação ligada, apenas o motorista no veículo. A estrada é escura, sem iluminação pública, o farol, em modulação média, bafeja luz e poeira na pista, uma dança breve de átomos de pó lambendo o capô do carro em movimento, rodopiando pelo vidro e se perdendo na escuridão. O veículo está na pista sentido Itaipava, que do lado esquerdo termina num barranco, morro, que margeia toda a estrada. Do lado direito, no qual o carro avança, um matagal, espesso em alguns pontos, rarefeito em outros.

A estrada não apresenta bom estado de conservação, rachaduras e buracos fazem o carro quicar e perder velocidade, os freios são necessários aqui e ali, reduzir a velocidade para depois aumentá-la. O motorista não corre. A velocidade permitida no trecho é de 70 km/h, e ele não passa de 60 km/h em nenhum momento. Em dois ou três pontos, três para ser mais exato, é obrigado a frear completamente para transpor um quebra-molas construído ilegalmente pelos moradores das poucas casinhas da região. O motorista não sabe da existência das casinhas da região, nunca andou naquela estradinha, nunca mais viria a cruzá-la e, de mais a mais, as luzes das casas já estão apagadas àquela hora.

Há uma beleza singela no carro solitário que invade a escuridão e o silêncio de uma estrada deserta. Pode-se dizer que aquele veículo autentifica a existência daquele corredor de concreto no meio do nada, suas rodas deslizam na palma da mão do asfalto, criando ranhuras, linhas de expressão, sinais de velhice, memória. Mesmo uma estrada auxiliar parcamente usada tem memória, e nem todo sinal de velhice carrega uma lembrança boa. Aqui e ali uma freada brusca tatua um susto escuro na superfície naturalmente cinza, aqui e ali uma freada brusca preconiza uma lágrima de sangue no rosto da estrada.

Tudo em volta se move quando o carro passa, a marola de vento do rabo do automóvel baloiça as plantas, as folhas, quebra o silêncio ancestral do que já não é mais intocado, puro. O motorista tem o toca-fitas ligado, música clássica, "Prelúdio e fuga", de Bach, mas o som não vaza. Dentro do carro, apenas música. Do lado de fora, o barulho do carro. Antes, dos grilos, sapos. Depois que ele passa, dos grilos, sapos. Durante é apenas um veículo fazendo zum no vento, as rodas levantando pedrinhas soltas.

O carro tem vidro fumê. O motorista não escolheu nublar sua vista com Insulfilm, o veículo foi comprado usado, a vendedora alardeou os benefícios de sua utilização no Rio de Janeiro, especialmente com mulher no volante, e ele assentiu, "Deixa então", disse, pensando, a esposa grávida dividiria o carro com ele, a cidade de fato perigosa, não seria o Insulfilm que mudaria muito, mas achou melhor deixar, menos uma razão para acelerar seu coração quando o telefone tocasse tarde ou cedo demais.

Dentro daquela célula anatomicamente construída o motorista está só. Fora do carro em movimento, o mundo, mas um mundo que parece não existir, cercado de escuridão e silêncio, de vegetação e asfalto. Se ele fechar os olhos agora, com o carro em movimento, com a música em movimento, pode sentir que o mundo acabou. Mas quando seus olhos beliscarem a luz dos faróis no próximo segundo, acordados por um barulho sujo, não ritmado, jamais um Bach, ele saberá que o mundo existia lá fora, mas que ele não viu.

O acidente aconteceu num domingo à noite, e chamá-lo de acidente é um erro, pois diminui minha participação no ocorrido, quase me absolve. Falaremos então em atropelamento, para evitar uma proteção vocabular. Estava retornando ao Rio naquela noite, mas só cheguei em casa na noite de segunda, quase madrugada.

Preciso que acredite em mim, isto é uma confissão, não se esqueça, não teria razão para mentir. Sua mãe não sabe de nada, não teve participação ou desconfiou do ocorrido. Eu inventei uma desculpa para voltar no dia seguinte e ela aceitou, acreditou. Eu viajava bastante naquela época para divulgar o livro no interior do estado e ficar um dia a mais fora de casa não deixava de ser corriqueiro. Não serei julgado, mas gosto de imaginar essa confissão como um julgamento, com fatos, atenuantes, provas.

Fato número 1: atropelei uma pessoa.
Fato número 2: ela morreu na hora.
Atenuante número 1: não tinha bebido naquela noite.
Atenuante número 2: não estava acima da velocidade permitida.
Atenuante número 3: desci do carro imediatamente.

Tudo parece seguir uma lógica que não aponta para a minha culpa, certo, filho? Até aí, aqui, pois daqui em diante as coisas se complicam um pouco, especialmente se de fato um bom advogado de acusação me inquirisse. Veja bem, filho, eu de fato parei o carro para ver o que tinha acontecido, desci do automóvel, mas não sabia, ainda, talvez desconfiasse, temesse, vá lá, que tinha atropelado uma pessoa. Mas ainda não sabia quando desci – e imagino um advogado acentuando o verbo: "O senhor sabiiiia?". "Não, não sabia", seria obrigado a responder, se escolhesse não mentir. O problema é que não pararia ali. Eu seria obrigado a responder a pergunta seguinte. "O que o senhor fez quando viu que tinha atropelado uma pessoa?" E o que fiz, filho, foi voltar ao carro e ligar o motor.

O som, a luz, o pé cravado no freio. Nessa ordem. Dentro dessa sequência, menos de um segundo. O tempo do barulho de algo batendo no para-choque do carro se distende por sobre o feixe de luz que cega um olho que se abre, o som sobrepujando a luz, mas então o barulho do pé no freio, instantâneo, os pneus tentando travar um carro, desafiar a física e parar o mais rápido possível. Agora o som que se sobrepõe a outro é o da luta da borracha com o asfalto, um guinchar agudo de dor, lancinante.

Quando o carro para por completo, vinte metros adiante – as marcas dos pneus no chão serão visíveis no dia seguinte, seria possível calcular a velocidade do veículo no momento em que o freio foi acionado –, o motorista desliga o automóvel e sai do carro. Não há mais som, não há mais luz, apenas escuridão e medo. As pernas do motorista estão bambas, a cueca um pouco molhada pelo mijo que saiu involuntariamente com a freada. O motorista tateia o carro com as mãos, anda até o final do veículo e para, o abismo que vem adiante é o breu completo, e depois o abismo de saber o que ele atingiu. No fundo ele sabe, mas torce para estar errado. No fundo do abismo ele sabe que nunca mais conseguirá sair daquele poço, mas ainda salta com as mãos esticadas, as unhas cravadas na *parede lisa que cede à falta de atrito e o relega ao fundo do poço eternamente. No futuro, o motorista terá saudade não de um tempo anterior à batida, mas desses segundos posteriores, quando ainda poderia não ser nada, quando saltar ainda dava esperança de fuga. Ele sonha com a ingenuidade de Sísifo ao subir a montanha com a pedra na primeira vez. Houve uma primeira vez, não se esqueça.*

O motorista apoia a mão esquerda no carro, a mantém assim pelo tempo que consegue segurar sua respiração, implora por um som, anseia escutar algo, mas nada. O silêncio é traiçoeiro, pode ser bom ou ruim, de antemão o motorista não sabe interpretar. Não tem tempo para interpretar. Decide voltar ao carro. É preciso acender o farol. Luz. Sem ela não poderá vencer a barreira de seu carro, seu limite.

O motorista volta para dentro do carro, mas não liga o farol. Espera. Adia. Tudo aconteceu em menos de um segundo, mas agora o motorista precisa de uma porção desses para decidir fazer alguma coisa. Enfim, decide, um primeiro passo. Coloca a chave na ignição. Mas esse passo é apenas adiamento. Outro. A chave na ignição pode levar a tantas coisas. Pode indicar que ele vai ligar os faróis e sairá do carro novamente para investigar no que bateu. Mas também pode levar a outras coisas, a estrada adiante, vazia, o silêncio como testemunha.

Você ainda está na barriga da sua mãe quando escrevo, filho, mas já imagino sua vida. Sei quem sou e conheço muito bem a sua mãe, melhor do que ela me conhece, tenho certeza, e sabendo quem somos posso imaginar um pouquinho como será a sua vida nesses primeiros anos em que você terá menos escolhas do que nós. Sua mãe acredita em Deus, em santos e na Igreja Católica. Eu, não, mas para mim isso nunca foi o essencial, e para não brigar acatarei quando ela propuser que você faça a Primeira Comunhão. Talvez negocie um outro interesse que tenho para você e ela não aprove tanto, mas no fim aceitarei que tenha ligação com a Igreja Católica.

Quando chegar o momento em que finalmente essa confissão estiver em suas mãos você saberá, portanto, qual, para eles, foi o pecado original. Como Adão e Eva foram expulsos do Paraíso. Pecado e culpa não são a mesma coisa, e ainda pretendo conversar sobre isso adiante, mas minha culpa original foi ligar aquele motor de carro e dirigir.

Veja bem: eu já tinha atropelado uma pessoa. Ainda não tinha certeza, não vira o corpo, mas intuía com toda a certeza que é possível ter sem a confirmação dos olhos. Eu atropelei uma pessoa, minha ação já estava realizada, o motivo primordial dessa confissão, meu crime, mas minha culpa original não foi o atropelamento em si. A estrada escura é atenuante. O fato de eu não ter bebido e não estar em velocidade acima do permitido. Se eu de fato havia atropelado alguém, e eu sabia que havia, a pessoa estava na estrada, não deveria estar ali, ela também era culpada, por assim dizer.

Minha culpa original foi saber disso tudo, do quinhão que me cabia no ocorrido, não o todo, parte, e escolher sair dali. Quando liguei o motor do carro, acendi o farol, mas não saí do veículo, passei a primeira marcha e apertei o pedal do acelerador, fiquei preso nessa culpa original. Não sei o que aconteceu imediatamente depois, porque já me sentia preso nesse rebotalho de culpa que se prolonga até agora.

O motorista dá partida no carro e passa a primeira marcha, mas tira o pé da embreagem rápido demais. O carro engasga e morre. Ele não é dado a acreditar em sinais, mas aquele sem dúvida é um. O motorista roda o estado todo de carro e deixar o carro morrer não é natural. Ele não está em estado natural. As pernas tremem, ainda, o couro cabeludo, suado, mesmo com o frio do inverno. Está um gelo de serra lá fora, mas ele sua. O motorista sai do carro novamente e nem sabe o porquê. Fecha a porta e se escora na lataria. Respira descompassadamente. Uma fumaça branca sai de sua boca, mas ele não percebe. Está um frio danado, mas ele sua. O mundo ao redor é apenas silêncio e escuridão, mas ele não tem medo. De que ter medo? Mas treme. E não é de frio.

Ele ainda não tem coragem de invadir o breu que se delimita na fronteira do carro. Há alguma coisa do outro lado. Sempre há alguma coisa do outro lado. O que está lá pode mudar sua vida. Ele interferiu em algo que está do outro lado, depois da fronteira do carro. O que quer que seja, não faz barulho. E isso pode não ser um bom sinal, pensa. Não. Ele não pensava nada naquele momento, os pensamentos estéreis, nascendo e morrendo em explosões combustivas, energia, e dali resultando apenas em tremor de pernas, paralisia, sim, *essas duas coisas andando juntas. Ele treme, mas não consegue se mexer, o carro escorando sua queda. Ele já caiu, está no chão, mas ainda não, o corpo curvado ainda se mantém de pé. Ele não pensa, mas já sabe. Caiu.*

O farol, ele pensa, de novo. É preciso acender o farol. Mas quem consegue? Se voltar para o carro, sentar no banco, não sairá mais, fugirá. Ainda apoiado na porta, ele treme, treme, mas não se mexe. Já não se mexe. Então não treme, pelo menos por fora. Por dentro, sim, um arrepio elétrico – e não é frio – percorre seu corpo. As pernas flexionadas involuntariamente, a calça mijada, um falso quente que cede ao frio com rapidez.

Ele se endireita, precisa se endireitar, o corpo ereto, mas ainda apoiado na lataria. Sem ela, cairia. É preciso ver. Crer. Não sabe ainda, mas sabe. A culpa se esgueira pelo silêncio, pela sombra, pelos vultos. O carro não é opção. Ele precisa se desprender daquele conforto, mesmo que de conforto aquilo não tenha nada. No futuro ele se lembrará desse momento, quando ainda era possível acreditar que poderia não ter sido nada, e saberá que, de fato, aquele minuto seguinte já pulsava na dor, a dele, e não do que estava escondido depois do limite do negrume.

 O motorista – e aqui é importante a escolha da palavra, motorista, mesmo fora do carro, mesmo andando na rua, naquela estrada ou na porta de uma creche, ele seria para sempre um motorista, o motorista daquele caso – dá um passo para o lado, direciona o corpo, apruma-se. O motorista vai tentar novamente, um passo, depois outro, depois outro, e o próximo passo será o primeiro dos últimos, o derradeiro em que não será mais possível escorar a mão no carro e voltar. Se ele der aquele passo, não há volta, ele terá de encarar o acontecido.

Ele dá o passo.

Quando criança, o motorista brincava de cabra-cega, sozinho, o motorista era uma pessoa sozinha na infância, filho único, pais que trabalhavam fora, imaginação incontrolável. Ele enrolava uma camisa, torcia, e amarrava na frente dos olhos. Pronto ou não, aí vou eu. E ia. O motorista brincava sozinho, mas não roubava, a camisa de fato cobrindo os olhos, abertos, mas ainda assim não conseguia ver nada. Certa vez o motorista bateu com o rosto num porta-chaves e perdeu um dente da frente.

O motorista está lembrando isso agora ao dar o segundo passo, o escuro é o mesmo, a sensação de insegurança. Passa a língua pelos dentes, pelo dente, mas não há falta de nada, espaço preenchido. O dente que voou de sua boca está lá. Não o mesmo, nem mesmo dente, resina, mas funciona da mesma forma, morde, serve de anteparo para a língua para dizer certos fonemas, brilha amarelo nas fotos de família.

Ele sabe que é idiota pensar naquilo, mas ajuda. Pensando nisso já deu dez, quinze passos, e daria mais um punhado deles se não chutasse com força algo no chão, se não tivesse tropeçado e caído por sobre essa coisa, além dessa coisa. Cai *com uma das mãos no chão, esfola a palma no asfalto carcomido, as pedrinhas soltas rasgando sua carne, dor.*

Caso alguém – Deus?, um diretor de cinema?, um narrador onipotente?, onisciente? – acendesse a luz naquele momento veria um homem com o corpo por sobre outro. Um homem que solta um palavrão de dor – "Caralho!" – e outro que não fala nada.

A luz nem precisa estar acesa para sabermos quem é quem.

Recolhe a mão, as mãos, engole o grito, embora já tenha usado o palavrão inteiro. Tenta ficar de pé, mas cai, uma das mãos esfoladas apoia naquilo, nisso, no que ainda não tem coragem em nomear. Sente algo viscoso nessa palma da mão. Sangue, pensa. Sangue de sua mão machucada, que dói, lateja, ou sangue daquilo, disso, que não ousa nomear. Flexiona o braço, empurra aquela coisa, e põe-se de pé. Ele prende a respiração, faz um silêncio absoluto para tentar escutar um som, qualquer coisa é melhor do que o silêncio, porque aquilo, sim, faz barulho, continuará fazendo barulho para sempre na sua cabeça, o baque seco, o guinchar das rodas no asfalto, o caralho dito depois do tropeção.

Não enxerga a um palmo de distância com aquele breu. Mas sabe. Leva as mãos esfoladas a menos de um palmo dos olhos, e vê, pouco, mas vê, a diferença. Na esquerda, o sangue nasce e morre em arranhões, o seu sangue. Na direita ele é vivo e vivo, abundante.

Você já teve vontade de matar alguém, filho? Na escola, no trabalho – você já trabalha? –, depois de uma briga em que não deu o último soco? Eu já, muitas vezes, sempre com a força de um relâmpago, mas que estourava em nada, longe, apenas som e fúria, e se dispersava. Mas eu matei alguém, filho, sem querer. Sem ter vontade, sem ter ciência do ato. Isso é uma atenuante? Sim, mas e daí? O fim é o mesmo, o fim de outro, morte, e o meu, a culpa latejante, que não vai embora. Depois de camadas de desculpas, de pormenores que me aliviariam, mas que de fato não aliviam nada, ou que me condenam, mas que não condenaram a nada, fica só aquilo, um corpo estirado no chão, sem vida, e eu, que o matei e ainda ocultei aquela morte.

    Eu devia ter vergonha de pensar nisso, escrever sobre isso, e tenho, mas preciso. Em algum momento naquela noite que nunca acabou, pensei em como descrevi a morte de uma personagem no meu primeiro livro, e tive vergonha. Da descrição, pobre, tão pálida, longe da realidade, e depois de pensar sobre isso. Eu escrevo para você, me confesso, e ao mesmo tempo me despeço disso, escrever, entendo agora qual será minha punição ao entrar nessa cidade-refúgio. Eu penso aqui na Bíblia, filho, logo eu, Josué capítulo XX. O grande livro me soprando a resposta. Não conseguirei mais, terei de fazer outra coisa da vida, não mais escritor. A realidade, as mãos sujas de sangue me impedirão de pegar a caneta para inventar outras vidas. E logo agora que o que mais precisaria era estar longe daqui, mesmo por uma tarde, mesmo que sabendo que nada daquele mundo é real ou atenua o que pulsa sem cessar.

Não mais.

Ele limpa as duas palmas da mão na camisa. A esquerda, esfolada, dói. A outra, não. O sangue não sai, só espalha, e ele continua lambuzando a camisa de vermelho, dele e do outro, quer prova maior do crime?, pensa. Ele já pensa nisso, prova do crime. É preciso sair dali. É preciso sair dali agora. Mas deixar o corpo? Chegarão até ele. As marcas no chão, o sangue no asfalto. É preciso se desfazer do corpo, ele pensa, e nem se assusta com o pensamento tão claro, anos de filmes de crime, anos de livros policiais, ele viu ou leu outros passarem por aquilo, ficção todas as vezes, mas aquilo não é ficção, ele não é ficção, o corpo sem vida que sangra manchando o asfalto não é ficção.

Ele está nervoso, mijado, não treme, mas ainda ofega, mesmo assim o pensamento vem claro, ordenado, conciso. É preciso se desfazer do corpo, sair dali, queimar a camisa e arranjar um álibi. Ele nem percebe quão claro e encadeado foi aquele pensamento. Mas já começa a agir. Ele se curva novamente para tatear o corpo, agora não espera mais som, respiração, vida, ele quase deseja o silêncio, ele sabe o que fazer, o que deve ser feito.

O corpo está estirado na estrada, na horizontal, a parte de cima do tronco invadindo o canteiro, com sorte nem há tanto *sangue no asfalto, apenas no dorso e na terra. Tateia o corpo por inteiro, está de bruços, a escuridão o defende do rosto. Chega até os braços, segura as mãos, ainda nem quente nem frias, ele tem as duas mãos do morto em suas duas mãos. Puxa o corpo, sabe que é preciso, arrasta primeiro o resto do tronco para a terra – "Como é pesado!" –, mesmo sem vida aquele corpo parece resistir. Faz força novamente, um último puxão, e precisa de tanta força que pensa que talvez tenha quebrado o braço do homem. Depois realiza o quão absurdo é aquele pensamento, mas novamente, filmes demais, pensa no que os legistas falarão daquela lesão. Que legistas, meu Deus?!, pensa. Concentração. O escuro o defende daquele rosto. Ele tem um desejo mórbido de ver aquele rosto, mas a face está agora enterrada na terra, com grama alta na altura da orelha. Sufocado, pensa, os legistas, pensa, "Caralho", diz.*

    Senta no meio-fio do lado do morto, escuridão. O carro. Olha para o carro, escondido no acostamento. E se passar um automóvel, pensa, e se passar um carro e parar para ver o que o meu automóvel faz ali, pensa. É preciso tirar o carro dali. O pensamento encadeado ainda não previa a merda do veículo, falha grave, e tem mais, pensa, o carro deve ter a marca da batida, do corpo que passou voando pelo para-choque e pelo teto. De repente ele se sente muito cansado. Nunca vai conseguir ocultar o corpo, o acontecido. É melhor desistir. É melhor esperar que alguém passe e ele confesse o crime, seja julgado. Não foi por querer, não teve dolo. Mas ele pensa nisso e já arrasta o corpo com toda sua força, entra no mato com o corpo, some da estrada com o corpo, até que tropeça e cai, rola barranco abaixo um par de metros. Olha para cima e o corpo permanece lá, imóvel.

Um barulho, o que é aquilo, um barulho suave, de água. É isso, um rio, cinco metros de barranco adiante. Agora o pensamento nem precisa chegar à boca, aos olhos, apenas o som, água, apenas a certeza do que fazer. Ele sobe o barranco, escorrega e cai de novo, agora toda sua roupa está suja de terra, sente, e sangue, não sente, mas sabe, cheira a sangue. Ele sobe e desta vez não cai. Pega os dois punhos e puxa, puxa, puxa, puxa. Leva o corpo até a beira do rio. Há uma certa correnteza, não pode entrar com o corpo, poderiam ser arrastados.

Ele pega o corpo no colo, e nem sente peso, ele não sente nada. Arremessa o corpo o mais longe que pode, e não é longe, mas suficiente. Olha o corpo afundar. E vê o rosto, finalmente o rosto, sumir para sempre.

Eu sonho com aquele rosto, filho. Eu não lembro mais de nenhum detalhe específico, como era o nariz, a cor da pele, se os olhos estavam abertos ou fechados, se a barba estava feita ou não, mas tenho pesadelos com ele. Eu vejo esse rosto na rua, sempre, falando com outra pessoa, fumando um cigarro, sorrindo. Eu não sei nada daquela pessoa, nem lembro do seu rosto, mas isso é o pior, minha condenação que não veio. Eu consigo enxergar em todos os rostos traços daquele. Na sua mãe, no porteiro do prédio, num ex-colega que encontro no supermercado, numa criança que corre atrás de uma bolinha de sabão. Eu vou enxergar aquele rosto em você. Isso é o inferno, mas não é nada. Eu matei uma pessoa, ocultei um corpo.

Mas que pessoa, que corpo? Ninguém jamais reclamou aquele corpo. Os jornais nada falaram, nem os de lá nem os de cá, nunca chegaram a mim. Eu sabia o que precisava ser feito, o que podia ser feito. Limpar o asfalto de sangue seria impossível: era torcer para que não fosse muito sangue – e não parecia ser. Eu nunca voltei lá para saber, mas ninguém me procurou.

Eu precisava me livrar das roupas sujas de sangue e do carro batido. Era preciso pensar como fazer isso, e pensei, realizei. Escrevi meu livro policial ali, ao vivo, improvisando. Não era o crime perfeito, mas o resultado, foi. Eu estou aqui, permaneço aqui, imagino, vinte anos depois, quando você lê essa confissão.

O motorista está numa missão. O corpo afunda no leito barrento do rio. Há correnteza e água suficiente para levá-lo adiante, mesmo que ele comece a boiar, e a ciência diz que aquele corpo cheio de ar há de boiar. Há a noite por mais seis horas para proteger a travessia. Há a escuridão para proteger o motorista que escala o barranco, checa a quantidade de sangue no asfalto de perto – e mesmo de perto, não parece ter quase nada, certamente nenhuma poça viscosa – anda seus quinze ou vinte passos e entra no carro. O motorista agora pensa com clareza, e a clareza é tanta que ele pensa o que tem que fazer – se livrar da sua roupa, ocultar o carro, encontrar um lugar para dormir – e também pensa na frieza daquilo tudo que tem que fazer, e sente raiva de si próprio por conseguir funcionar tão bem num momento como aquele.

O motorista liga o carro e dirige mais um quilômetro até um acostamento escuro. Para. Mantém as luzes apagadas. Tira a camisa suja, tira a calça possivelmente suja – ele não sabe se está suja, e estará somente de terra, ele verá depois. Estica a mão para o banco de trás e puxa a mochila. Ele só ia ficar um dia, então tem apenas uma calça e uma camisa já usadas, amassadas. Mas que diferença as duas sujeiras. O motorista pensa isso, tem clareza nas mínimas coisas, está num estado de excitação e detalhismo, parece que a realidade se divide em duas, e ele entende e age sobre as duas. Coloca as roupas sujas embaixo do banco, liga o carro e acelera.

O motorista não tem ninguém com quem conversar, mas tem um plano. Ele desce a serra dirigindo rápido, rápido, a noite escondendo a lataria do carro, ele mesmo. Em certo momento sente falta da música, e liga o toca-fitas novamente. Quando percebe, está acompanhando Bach com batidinhas no volante. Depois, ele sentirá culpa até daquilo, ouvir música depois de cometer um crime, ocultar um corpo, mas agora ele é um homem numa missão. Ele chega até a avenida Brasil sem ser incomodado, entra num motel de beira de estrada, dá boa-noite para um funcionário sonolento e pede um quarto. Estaciona o carro dentro da microgaragem, protegida, e acende a luz. Olha o para-choque, está de fato amassado, do meio para o lado direito, o lado da escuridão da estrada, de onde o homem surgiu, o lado do barranco, do rio. O capô também está amassado, possivelmente onde o corpo do homem bateu depois. Procura mais marcas, no teto, nada, na traseira, nada.

O motorista pensa com clareza, e tem um plano. Hoje à noite e pelo dia seguinte inteiro ficará ali, naquele quarto. O motorista vai cortar cada pedacinho da calça, cada pedacinho da camisa, em formatos pequenos, tiras como um papel higiênico (usará para isso a faca da refeição que pedirá pelo interfone), e passará o dia dando adeus pela descarga, sem pressa para não entupir. À noite o motorista vai pagar a conta do motel no quarto, usando a nota que recebeu pelo pagamento da palestra que fez na Serra, e pegará a pista central *da avenida Brasil. O motorista vai acelerar seu carro até uma velocidade alta, mas nem tanto, 80, e vai porrar o veículo, especialmente o lado direito, na traseira de um ônibus. O carro tem que ficar bastante amassado, e ficará. A polícia deverá ser acionada, e será. Ninguém ficará ferido. Nem ele.*

Cá estou, filho, às portas de Quedes. Esse é o meu caso, essa é a minha culpa. A você, que ainda não nasceu, cabe o peso de me julgar. A você, que agora já nasceu e é um adulto, cabe o peso de me julgar. Não tinha ninguém na porta da cidade quando cheguei ao portão e resolvi entrar. Possivelmente – escrevo do passado – morei aqui esse tempo todo. Isolei-me em mim mesmo, de mim mesmo, do mundo. Foi a condenação justa. E por justiça não penso nos homens, nem no homem que morreu atropelado, nem mesmo no medo da vingança de sangue. O que quero é eu mesmo desaparecer naquele rio.

Se você deixar.

BIÓGRAFO

PARTE 2
A PROCURA

20 DE MAIO DE 2014

Recebi o texto prometido pela esposa de AR. Foi um choque. O trecho narra um assassinato por atropelamento, encadeado por uma confissão de culpa para um filho que vai nascer. Foi um choque. Primeiro, por de fato receber um texto nunca divulgado. Depois, e principalmente por isso, pelo conteúdo. É inevitável a leitura desse trecho pensando que AR nunca mais publicou. Até agora eu estava chafurdando numa poça rasa de especulações. Agora tenho uma hipótese, dada de bandeja pelo próprio escritor. A pergunta nem precisa ser formulada. A resposta veio pronta. AR atropelou uma pessoa, ocultou o cadáver, confessou ao filho por texto, viveu sob a égide dessa culpa e nunca mais publicou como punição imposta por (e sobre) si próprio.

Eu telefonei para a esposa de AR. Para variar, ela não topou gravar e deu respostas curtas. Vou tentar reproduzir, grosseiramente, o que ela disse:

A senhora leu esse texto que me entregou.

Claro. É muito bem escrito.

Você sabe quando AR escreveu isso?

Não. Mas o período de tempo com Antônio não era certo. Ele reescrevia tudo dezenas de vezes, especialmente nos últimos vinte e cinco anos. Esse trecho pode ter vinte anos, mas pode ter quatro. Nunca saberemos.

O filho de Antônio leu?

Leu. Foi ele quem achou esses textos guardados, depois da morte de Antônio.

O que ele achou do conteúdo?

Perturbador. Afinal, é uma ficção sobre um atropelamento e uma confissão posterior para o filho.

A senhora disse ficção. Veja bem, não quero me precipitar, mas isso não pode ter acontecido de fato?

Isso é um absurdo. Meu marido nunca atropelou ninguém.

A senhora parece bastante convicta. Algum fato te faz ter tanta certeza? Afinal, nunca se soube por que AR nunca mais escreveu e nesse texto há uma hipótese. Uma confissão.

Uma hipótese que casaria com o desejo de um certo público por uma resposta espetacular. Uma hipótese de ouro para um biógrafo amador.

Eu pretendo investigar, de alguma maneira, se isso ocorreu. Se a história for verdadeira, isso não será impossível. Sei a data em que Gabriel nasceu, então, de certa forma, posso chegar à data que isso pode ter acontecido.

Você pode investigar, não achará nada. E tome cuidado para não tomar ficção por verdade. É muito amador da sua parte. No próprio texto tem uma porção de incongruências factuais.

Quais?

Não vou discutir com você agora. Pode ir atrás dessa sua verdade. Só tome cuidado para não ter certeza de algo sem provas. Essa sua hipótese faria de meu marido um criminoso. Essa sua hipótese, sem comprovação, faria você cair no ridículo e na penúria. Eu processaria até sua mãe.

A senhora não me falou que incongruências são essas. Talvez eu só esteja mesmo procurando uma hipótese mágica, mas nada na nossa conversa até agora, somado ao texto que li, indica isso.

Eu não quero mais falar contigo. Tchau.

20 DE MAIO DE 2014

A mulher de AR me ligou posteriormente e disse da existência de outro trecho ficcional. Disse que pode me entregar. Achei estranho receber o primeiro, mas o segundo, depois do conteúdo do que me foi entregue e da reação dela, é improvável. Falei que adoraria receber o segundo texto, claro, mas de antemão acredito que não será verdadeiro. Ou acredito que não seja verdadeiro se de alguma forma desmentir a veracidade do texto anterior. Claro que se AR tiver de fato atropelado uma pessoa, isso marcará para sempre sua carreira, e a sua decisão de não publicar novamente. Mas uma coisa me perturba: o texto de AR soa de fato como uma confissão, especialmente se as datas e fatos se confirmarem, mas a esposa dele sabia disso. Ela leu, o filho leu. Ela, pelo menos, deve achar de fato que o texto não é verdadeiro. Com que interesse ela poderia querer que o texto fosse divulgado? E o filho? Ela disse que foi ele quem achou o texto escondido depois da morte do pai. Que interesse ele teria em tornar pública essa confissão?

- Uma tentativa de expiar a culpa do pai, depois de morto, mostrando como ele sofreu (e não mais publicou) pelo crime?

* Uma tentativa de revanche contra o pai por dividir com ele, filho, o leitor-ouvinte essa culpa que nunca foi dele (filho)?

Preciso falar com o filho. Fazer essas e outras perguntas. Agora, antes da biografia, da vida, preciso ir atrás da Grande Pergunta e da Grande Resposta que o texto sugere. A grande pergunta da biografia estava dada, e a resposta, se verdadeira, até mesmo anula a necessidade de pesquisa pela vida de AR. Criticamente, os livros dele já são estudados pela academia. Com essa pergunta e possibilidade de resposta, minha biografia se transforma em um livro de reportagem. Preciso saber se esse acidente-atropelamento de fato aconteceu.

21 DE MAIO DE 2014

Não consegui dormir. Vim para o computador e reli o texto. Alguma coisa me incomodava e eu não conseguia entender. Primeiro, achei que era o texto em si, a confissão. Talvez. Mas não era só isso: a minha vulnerabilidade. Fazer uma biografia sobre um escritor. Eu nunca fui biógrafo de nada, nem sonhei em ser. Mal lembro o que comi no café, ou onde estava em determinada data. Mas pior que isso é investigar, apurar. Eu não tenho talento para tanto. Não tenho cancha, técnica, expertise.

É isso e não é.

Eu no fundo sei o que é, o que pode ser: meu medo que esse texto seja ficcional e eu embarque numa história ridícula, seja desqualificado, ridicularizado. Do trecho eu fui para os romances, li os dois, deixando de lado o livro de contos. Passei a noite lendo, lendo, procurando dicas, aproximações, estilos, cacoetes. E lá estão. No texto de certa forma fragmentado, numa alternância de primeira com terceira, na escolha de certas palavras, na interiorização do personagem, sempre de dentro para dentro. Isso tudo aponta que o texto é ficção? Ou não. A pergunta: um escritor passa a vida inteira escrevendo de certa forma, pensando de certa forma, desenvolvendo um estilo. Quando ele precisar escrever um texto confessional, o natural é que ele escreva da mesma forma. Ou não? Sim, acredito que sim. Outra coisa me atormenta. A confissão em primeira pessoa, do atropelamento, não pediria trechos narrados em terceira, distanciados, cartesianos (para valer de uma palavra que ele utiliza no texto). Essa terceira pessoa, por si só, indica que o texto é ficcional? Ou não, pensando novamente na mesma hipótese, apontando para o mesmo lado: um escritor que escreve a vida inteira ficcionalmente não vai utilizar as mesmas técnicas até mesmo se confessando?

A esposa de Antônio me prometeu entregar o novo trecho, mas não posso ler isso agora. Daqui a pouco pegarei o carro e irei investigar, na medida do possível. Primeiro em Itaipava. Irei às delegacias, jornais, ao local que ele descreve e tentarei entender onde isso pode ter acontecido. Não conheço a região, apelei para o Google Maps. Digitei Itaipava e fui procurar um rio. Está lá, chama-se Piabanha, e acompanha boa parte da principal rua da cidade, Estrada União Indústria.

22 DE MAIO DE 2014

Escrevo de uma pousada em Nogueira, distrito de Petrópolis. Vim de carro para Itaipava hoje pela manhã e passei o dia na cidade, parando, perguntando sobre o rio. Não falei nada sobre o atropelamento. Queria encontrar o local exato, o possível local exato. A cidade, assustadora, apenas uma rua infinita mas extremamente desenvolvida, shoppings, lojas, supermercados, até mesmo prédios sendo construídos, certamente bem diferente da cidade de quase vinte e seis anos antes, quando AR escreveu o texto (ou quando ele atropelou aquela pessoa). O rio, na maioria do tempo, é um córrego barrento, fio de água lambendo a encosta avermelhada. Em cinco ou seis pontos eu venci a civilização para espiar sua força. Um corpo dificilmente afundaria ali ou seguiria seu caminho pelas águas. Boiaria, chamaria atenção. Mas, novamente, como seria a cidade e o rio há quase trinta anos? Ou em agosto e não em maio. Impossível saber.

Eu estava frustrado, me sentindo um idiota por estar ali mas não estar ali, perdido, querendo achar uma coisa que não pode mais estar lá. Perdera quase o dia todo nisso. Decidi que era hora de procurar a delegacia. Foi uma conversa difícil e eu piorei as coisas. Deveria ter pensado em que história contar para os policiais. Não pensei e quando cheguei lá não sabia o que falar, como perguntar. Disse que queria ver os registros de atropelamentos de vinte e seis anos antes, mas não disse por quê. O policial chamou outro, que chamou outro, e tive que ficar repetindo o pedido, mas depois eu falei que não era sobre atropelamentos, mas sobre pessoas desaparecidas ou encontradas dentro do rio. O policial riu da minha indecisão, do meu nervosismo: – Desaparecidas ou encontradas? Os outros dois gargalharam. Era engraçado, talvez, mas era mais um riso de cadeia de comando, de corporação. O delegado chegou e perguntou quem eu era, todos os comandados rindo de mim. Eu decidi contar a história a grosso modo. Uma biografia, estava escrevendo uma biografia, mas era segredo o personagem. Ele ficou interessado. Um dos policiais, o mesmo policial, disse, rindo, e nessa biografia uma pessoa desapareceu ou foi encontrada dentro do rio. O delegado não achou graça. Mais pessoas entravam na delegacia para relatar roubos e furtos, a cidade não era mais a mesma de vinte e seis anos antes. Ele me convidou a entrar na sala dele, ofereceu uma água. Aceitei.

    Ele disse que para eu ter acesso aos arquivos teria de ser advogado ou parente da vítima (que vítima?, pensei). E ele, na verdade, achava que mesmo que um dia alguma pessoa tivesse sido declarada desaparecida, esses arquivos já teriam sido incinerados. Mesmo se um corpo tivesse sido encontrado, esses arquivos já teriam sido incinerados. Não se guarda arquivos de tanto tempo, ainda mais em papel. Agora é tudo digitalizado. Ele disse também que a delegacia era de meados dos anos 1990, posterior ao crime, antes disso não tinha nenhuma delegacia ali. O crime, se crime houvesse, teria sido registrado em Petrópolis e estaria arquivado lá. Eu poderia tentar encontrar, ele me deu o endereço, mas achava difícil.

O delegado me pareceu uma pessoa enfadada, que queria se distrair um pouco com a minha história. Pediu para ler o trecho. Eu disse que não tinha o texto ali (mentira, estava na mala). Ele disse então para eu contar em detalhes o que lembrava. Foi estranho, parecia que eu estava dando um depoimento, me confessando. Por alguns minutos eu era AR, ou, melhor, o AR daquele texto, real ou não. Falei do carro, da estrada, do morro, do barranco, do rio. Ele ouviu tudo sem falar nada. Depois disse que, pela descrição da estrada, da posição do rio, do mato, parecia que eu estava falando de Nogueira, não de Itaipava. Ele levantou da cadeira, passou pelas minhas costas e foi até um grande mapa. Eu fui atrás. Ele tinha seu Google Maps ancestral impresso e colorido. Olha aqui o rio, ele disse, o Piabanha acompanha a União Indústria por todo esse caminho, desde aqui, e mostrou com o dedo, até aqui. Em alguns pontos ele se aproxima bastante, quase margeia a estrada. Apontou três ou quatro lugares. Mas você me descreveu um morro perto da estrada, por isso acho que o provável, se sua descrição de memória esteja correta, é que isso seja em Nogueira, e fez com o dedo no mapa um barulho seco, indicador na parede, duas vezes, tum-tum, aqui.

Já estava quase de noite quando saí da delegacia, tinha escurecido quando encontrei as referências que ele me passara – perto do retorno, trailer do Ronaldo, concessionária de carros usados. Era estranhíssimo estar ali à noite. Eu saí do carro pensando em entrar no trecho de AR, mas não era bem assim. Para atravessar a rua esperei quase um minuto, um ir e vir de carros, tive que correr mesmo assim. Andei para um lado procurando uma área livre, mas estava tudo construído ou cercado. Desisti e fui no sentido inverso, aí sim, uns cem metros adiante, mas ainda espremido entre o morro e o rio, como no trecho, achei um terreno baldio. A vegetação estava meio alta, mas fui em frente. Depois de uns cinco metros, o barranco, e a escuridão adiante escondia o rio. O barulho dos carros zunindo impedia que eu escutasse a água, mas lá estava ela. Vez por outra um farol alto passava iluminando o céu e um pouco mais. Mas era muito escuro e descer aquele barranco seria arriscado. Decidi que era hora de procurar um lugar para ficar, e cá estou. Meus planos são voltar lá logo cedo e depois procurar informações sobre jornais da cidade ou de Petrópolis. Se necessário vou atrás do arquivo da polícia ou de publicações.

22 DE MAIO DE 2014

Meus planos, eu escrevi. Mas quem consegue? Preso neste quarto com lençol puído e uma televisão velha que só pega canal aberto falando sobre a Copa do Mundo que começa em menos de um mês. Reli o que tinha escrito duas vezes e ao final fiquei pensando o que estava fazendo aqui. Eram quase onze da noite, mas por que eu não dava uma olhadinha no local de novo? Ideia infeliz. Resolvi ir andando, confiava na minha memória, mas me perdi pelas ruas idênticas e escuras da cidade – ir de carro, Alex, ir de carro! Quando cheguei lá, quase meia-noite, a estrada estava de fato vazia, bem mais vazia. Não tanto como AR descreve, onde parece que só ele passou pelo trecho naquele tempo todo. Andei quase meio quilômetro pelo acostamento, entre a entrada da cidade e o local que escolhera como o ponto exato, correndo o risco de eu mesmo ser atropelado. De repente senti um medo danado disso acontecer e a cada carro que passava me jogava no mato, não importando com a sujeira que isso fazia. Numa vez cheguei a cair no chão e olhei para ver se minha mão estava esfolada. Não estava. Cheguei ao terreno baldio e entrei. Depois lembrei que tinha esquecido a lanterna (que lanterna, e eu lá ando com lanterna?) e usei a tela do celular, mas ela não iluminava nada e era breve. Andava com passos de tartaruga, uma caminhada quase imóvel (já emulo os termos de AR). Finalmente, cheguei às margens do Piabanha. A lua minguante não ajudava e a luz do celular, menos ainda. Um silêncio de grilos e sapos. Até o ecossistema é outro. Ouvi um barulho perto, de algo se arrastando na grama, e me apavorei pensando numa cobra. Subi correndo o barranco, caindo, levantando, sujando as mãos e a roupa, a calça, o cotovelo. Novamente me senti perto de AR (ou do personagem que ele compôs). Deixei o celular cair. Amanhã volto para recuperá-lo. Saí dali correndo, como se estivesse fazendo algo errado. Mas não estava. Ou estava?

23 DE MAIO DE 2014

Já escrevo do Rio, na noite seguinte. Outro dia frustrante. Depois de o café da manhã colonial prometido pela pousada ser mais um pingado de birosca, voltei para a estrada (de carro). A via cheia novamente. Procurei o mesmo lugar e desci o barranco, dessa vez com certa desenvoltura. Não foi difícil encontrar o celular. Era a primeira vez que ia lá de dia e o rio me pareceu menos misterioso. Barrento, como em Itaipava, um pouco mais encorpado, mas, com o perdão do trocadilho infame, difícil imaginar um corpo sumindo ali. Vinte e seis anos, claro. Outro rio, o mesmo rio. Subi o barranco sem me sujar. Ainda tive a patética ideia de me ajoelhar para procurar algum resquício de sangue seco. Adivinhem: não encontrei nada.

Dirigi para Petrópolis, para o endereço que o delegado tinha me indicado. O arquivo central da polícia da cidade não conservava documentos de tanto tempo, a responsável citou uma lei de que não me recordo mais. Perguntei sobre um jornal de Petrópolis, ela me passou um nome e um telefone. Liguei e peguei orientações sobre como chegar lá. Novamente, infrutífero. O jornal não guardava arquivos de tantos anos antes, eu poderia tentar com um tal senhor

Rodrigues, pesquisador da cidade, a moça ficou de conseguir o contato, mas naquele momento era impossível.*

---

* Foi feito contato com o jornal novamente, mas o senhor Rodrigues já tinha falecido havia dois anos. (N. do E.)

27 DE MAIO DE 2014

Como não sou escritor, vou usar uma metáfora barata, mas que me cabe. Antes de receber o texto de AR, eu não tinha nada para a biografia. Algumas entrevistas, informações inéditas ou não, pesquisas de matérias e resenhas. Eram apenas tentativas de capturar o ar. Depois do texto, achei que tinha o mundo, apesar das dúvidas. E então fui até a estrada e coloquei a mão dentro do rio, as duas, em concha, e trouxe comigo algo pesado do fundo. Mas era terra molhada, que se esvaiu entre os dedos. Ficou a mão suja, a terra ainda lá, existe, mas o que fazer com a existência dela, se não prova?

Fim da metáfora.

Recomeçar de mãos sujas. Como saber se o que foi narrado é verdade? No trecho, diz-se que nenhum jornal noticiou, mas vou pesquisar nos periódicos cariocas. Duvido, mas preciso. A segunda estrada (eu repito meus termos) é procurar o filho, quem trouxe o texto à luz.

A BIOGRAFIA POSSÍVEL DO MEU PAI

A memória mais antiga que tenho é de ver meu pai chorando. Estávamos em um hotel fazenda (acho) em frente a um lago barrento que surgia do nada depois de um aclive. Meu pai estava no limite entre o lago e o barranco, sentado, as mãos sobre os joelhos, encolhido de alguma forma, mesmo que suas pernas fossem grandes demais para sumir. A imagem que me chega hoje, tantos anos depois, é nebulosa, suja, e completo com retoques o que não consigo mais ver. O que importa: meu pai chorando. Um homem daquele tamanho chorando. Eu tinha uma bola na mão, cinco ou seis anos, não sei como estava sozinho com um barranco e um lago adiante, mas, agora, estou, mesmo que na época minha mãe estivesse logo atrás.

Agora invento:

– Pai, vamos jogar bola?

Meu pai não se virou ou reagiu (isso não invento). Então repeti a pergunta (invento, mas pode ter acontecido), dando dois passos adiante. E adiante, em frente a um lago, sem razão ou motivo aparente, pelo menos para mim, menino de cinco ou seis anos, meu pai chorava.

Ele não virou seu rosto para mim. Nem me respondeu. Como se eu não estivesse ali. Saí correndo.

E aí minha memória acaba. Não sei se ele veio atrás de mim ou não. Se jogamos bola depois (presumo que não). Se um dia conversamos sobre isso. Sei que não comentei com ninguém. Tinha vergonha. E daí prossegue a memória da minha primeira memória. Desde sempre, pelo menos o sempre que me lembro, tive vergonha do meu pai.

Mas as pessoas, não. E por pessoas digo adultos. Não todos, mas vez ou outra. Gabriel Rascal? Você é parente daquele escritor Antônio Rascal? E quando respondia filho, a enxurrada. Seu pai é um grande autor. Você deve se orgulhar de ser filho dele. E então: mas seu pai não escreve mais? E a mesma resposta, com sete, 15, 25 anos: não sei. A insistência: ele deve ter muita coisa na gaveta. Meus ombros, sem palavras, respondiam. Mas nunca era suficiente. Deve ter, sim. E você deve se orgulhar dele. E para fechar o ciclo: seu pai é um grande escritor.

A medida monetária em nossa casa era a do armário da cozinha onde ficavam os supérfluos. A geladeira não mudava muito, quase sempre cheia pelo bom (mas não ótimo) salário de advogada de estatal da minha mãe. Para entender se estávamos com dinheiro ou não naquele ano bastava abrir a porta mágica. Num ano bom, tâmaras importadas, que minha mãe adorava, garrafas de vinho estocadas, biscoitos e chocolates, para mim, e muito mais. Num ano ruim, o armário ficava vazio, liso, obscenamente poeirento, a sujeira acumulada esfregando em nossos narizes, no meu nariz de criança que abria aquele armário duas ou três vezes por dia esperando um milagre. Uma vez, ainda criança, tive um sonho estranhíssimo com um portal que se abria justamente dentro daquele armário e me levava para um mundo paralelo que, agora adulto, não consigo mais lembrar. Contei o sonho para o meu pai e ele sugeriu que eu escrevesse um conto. Tentei, mas a coisa não andou. Minha carreira de filho de peixe terminou ali, sem começar, o que, percebo, foi a melhor coisa que poderia ter me acontecido.

Claro que a medida, para os adultos, não era o armário, mas a situação do meu pai. Em vez da pequena despensa, bastaria ver se ele estava passando muito tempo em casa ou não. Geralmente estava. Minha mãe repetia o mantra de seu pai é muito inteligente, mas eu não conseguia ligar a inteligência do meu pai ao dinheiro, ou ao fato de ele estar em casa, então acho que ela repetia aquela frase muito mais para ela do que para mim.

    Eu nunca conseguia antecipar esses momentos de pobreza momentânea. Quando via, o armário estava vazio, ou meu pai dias em casa sem trocar o pijama, nessa ordem, ou fora de ordem. Vivemos assim por alguns anos e possivelmente essa alternância durava meses, ciclos, minha mãe dizia quando deixei de ser menino para pré-adolescente, depois adolescente. A paciência dela não tinha ciclos. Foi acabando progressivamente, já não defendia meu pai, me usava para desabafar que ele não reagia, ela falava. Não mais – "O seu pai é muito inteligente" –, mas – "Não entendo seu pai, ele não era assim quando casamos." Falava isso e exigia que eu concordasse, embora para mim meu pai sempre fora assim.

Uma das minhas lembranças mais vivas de convivência com meu pai é na mesa de ping-pong. Jogávamos por horas. Não sei bem quando começamos, porque na minha memória eu já não sou inicialmente ruim. Não que ganhasse dele. Quase sempre perdia, quase sempre de pouco, mas sei que em dado momento joguei um campeonato de ping-pong num hotel fazenda, categoria até 13 anos, eu devia ter uns 8 e ganhei com o pé nas costas. Todos ficaram espantados e me trataram como um prodígio. Eu achei normal ter vencido. Mais tarde, talvez com esses 13 dos meninos derrotados do hotel fazenda, o ping-pong passou a ser moda no colégio, mesas e mesas de lanche convertidas em mesas e mesas de ping-pong com público, raquete importada e bolinhas mais leves que o ar. Continuei ganhando de todo mundo. Inicialmente. Depois de um mês eu já não era invencível, perdia uma vez ou outra, e de repente nem para a final mais eu me classificava. Eu fingia não acusar o golpe, mas não entendia como aquilo era possível; então só me restava uma coisa a fazer: parar de jogar.

Continuei repetindo esse mesmo padrão para outras coisas. Fui um ótimo aluno no primeiro grau sem fazer esforço. Nenhum. Quase dormia na sala, não fazia dever de casa ou participava das aulas. Os professores não davam nada por mim. Até que vinham as provas, a divulgação das notas e meu nome lá em cima. Eu não sabia bem como tinha chegado lá, com que direito tinha chegado lá, mas já lá, não me preocupava em me manter, em melhorar, fazer valer o rótulo, até que caí. Primeiro foi no vestibular. Passei em todas as faculdades, mas na que mais queria fiquei para o segundo semestre, na reclassificação, e olhe lá. Fui para outra, primeiro semestre, e simplesmente não conseguia acompanhar o ritmo dos outros alunos. Eu poderia estudar, tentar melhorar, mas como, se nunca tinha feito isso?, e só me restava um caminho: desistir.

Desisti e mudei de profissão, de faculdade. A dificuldade era outra, o vestibular mais fácil, e fiquei nisso até hoje, mas sempre prestes a desistir quando sinto que não estou mais à altura. Sempre tenho medo que notem, que me desmascarem.

Ser bom, muito bom, em algumas coisas (também futebol, aritmética, gamão) sem saber como tinha chegado lá me fez não arriscar muitas coisas em que é necessário começar do zero. Dirigir, por exemplo. Quando eu tinha menos de 18 minha mãe saiu comigo para me ensinar. Demos uma voltinha pelo condomínio em que tínhamos alugado uma casa de veraneio (era um ano muito bom, o segundo livro do meu pai tinha sido comprado para virar filme). Na hora de estacionar errei o pedal e espatifei o carro no muro. Não com velocidade para machucar minha mãe ou eu, mas o suficiente para destruir a frente do carro, o capô amassado, e tivemos que voltar na boleia do reboque, as malas empilhadas esmagando pés, joelhos e colos. Cada segundo ali dentro a vergonha avermelhando as bochechas.

Meu pai não viajou com a gente dessa vez, estava no Rio trabalhando – para usar uma expressão da minha mãe. Ele também não dirigia. Essa era uma das coisas que mais enervavam minha mãe, que sabia, mas odiava dirigir. Queria que eu aprendesse logo para pegar o lugar dela como motorista da família. Meu pai também dirigia, mas parou antes de eu nascer. Eu perguntei para minha mãe o porquê disso – para o meu pai jamais tive coragem. Ela disse que não sabia, que meu pai sempre dirigira, trabalhava dirigindo, fazendo palestras, contatos, mas um dia desistiu. Disse que cansou, que era muito perigoso, que entre ele e o mundo preferia ter só um solado de borracha, não um pedal. Depois o dinheiro foi minguando e o carro foi o primeiro bem a ser vendido. Mais tarde, quando ter um carro já não era um luxo tão grande, ele manteve a decisão de não mais dirigir.

Um dia contei para a minha terapeuta essa teoria de não querer começar coisas do zero, de como isso me limitava, ou ainda: como eu não conseguia de fato progredir em nada, mesmo as coisas inatas, porque não sabia ter esforço, não sabia suar em nenhum labor.

    Ela perguntou se eu sabia o que aquilo queria dizer.

    Eu disse que não tinha entendido.

    Ela refez a frase. Você sabe o que de fato está querendo dizer com isso, né?

    Eu disse que não. "O quê?", perguntei.

    Vou atachar uma provocação para a próxima sessão, ela disse: "Pense a respeito disso, porque você sabe a resposta."

    Eu nunca mais voltei ao consultório dela.

Mentira, voltei. Mas nunca discutimos o assunto "atachado" (as aspas são necessárias). Meu pai, sempre. Às vezes o assunto nascia de mim, do meu silêncio. Em dias em que lá chegava sem assunto pronto, ela sugeria. "Mas e seu pai?" Com variações: "E crescer com seu pai como sombra?" Ou: "A sombra do seu pai influiu na sua escolha?" A edição inglesa do chamado grande romance do meu pai tem uma sombra na capa. Eu dei a sugestão ao editor, prontamente aceita. Agora que estou voltando ao Brasil, vou levar esse livro de presente para a analista. Mas suspeito que ela já tem.

No primeiro livro do meu pai, tem um conto em que o personagem não consegue alcançar o que ele espera, o que esperavam dele, e foge. Quando volta, é apenas para perceber que o tempo passou e fugir novamente.

Eu não tinha a clareza da minha natureza fujona, e até me espanta a clareza de pensamento que o conto do meu pai, um meu pai antes de mim, se coloca sobre o assunto. Literariamente ele chegou primeiro a uma resposta sobre uma das minhas maiores questões.

Mas minha terapeuta possivelmente discorda disso.

Eu não sei se ela leu o primeiro livro do meu pai, mas desconfio que sim. Tenho certeza de que sim. Todos leram os livros dele.

Talvez o fujão seja meu pai, não eu, percebo, óbvio. Tantos anos depois. Finalmente entendo. Mas agora é tarde.

Na primeira vez que chorei por amor, meu pai sentou ao meu lado na cama e ficou calado. Eu tinha vergonha de chorar e vergonha por ele estar ali me vendo chorar. Ele não olhava para mim, eu não olhava para ele. A parede adiante como espelho, a parede adiante, espelho, o vidro da janela. Não que os rostos estivessem visíveis ali, mas os borrões, os limites entre os corpos. Meu pai ficou ao meu lado até que o silêncio cansasse o choro. E então pousou sua mão na minha, entrelaçou os dedos, e disse, ainda sem olhar para mim. "Esse é o pior choro. Depois tudo melhora. Esse é o choro inaugural." E de novo o silêncio. Mas agora sem distância, as mãos ainda firmes, unidas. Eu tive vontade de descansar minha cabeça em seu ombro, mas não me permiti. "Eu gostaria de escrever sobre isso", ele me disse. Eu fiz que ia tirar a mão. Arredio. Ele segurou, forte. "Não sobre isso, não sobre você." Ainda sem olhar para mim, o horizonte. Dessa vez sei porque olhei para ele. Os dois no escuro. Ele falou quase sem abrir a boca. "Eu queria escrever sobre esse choro, sobre essa dor." E levantou. Sem me dizer mais nada, sem dar um afago, sem oferecer o ombro para eu descansar, chorar. Levantou como se eu não existisse, fosse mera inspiração. Venceu a porta do meu quarto. O desamparo. Meu corpo desmilinguiu-se na cama, o choro de volta, mas não mais o choro inaugural do amor, agora um choro poluído, atravessado. Eu ouvi que ele entrou em seu escritório, fechou a porta, e começou a batucar em sua máquina de escrever.

Meu pai não saía muito de casa. Às vezes trocava de roupa de manhã, às vezes não. Meu pai passou oito dias uma vez com a mesma roupa. Sei porque contei. Sei porque pedi para ele trocar de roupa nos oito dias, mas ele não trocou. Tomava banho, mas vestia a mesma roupa. A mesma roupa. E se fechava no escritório em silêncio.

    Eu ia à minha mãe. "Papai não está bem." Mas ela tampouco se movia. "Papai está perdendo contato com a realidade." Imóvel. "Papai precisa de ajuda." E ela: "Quem aqui não precisa?"

Meu pai recebia pelo menos cinco livros por semana. Pelo menos. No prédio, era conhecido como senhor pacote. O carteiro passava no fim de tarde e o porteiro sempre interfonava para alguém descer. A encomenda do senhor pacote chegou, não cabe na caixa de correio. Às vezes alguém tinha que assinar o aviso de recebimento, era carta registrada ou entrega expressa. Meu pai pedia para empilhar os seus pacotes numa cadeira da sala, que na sexta ele olharia. E nesse dia ele, de fato, abria os envelopes. Ele nem ligava para a maioria dos livros. Um ou outro, folheava. Raros, raríssimos, ele lia, em pé, algumas páginas. Mas nunca passava disso. Pegava então uma sacola de plástico do supermercado, ou duas quando o volume era grande, e saía de casa. Sempre achei aquilo estranho e um dia o segui. Ele andou por quinze minutos, resoluto, seu corpo grande e de certa maneira desengonçado, os braços compridos baloiçando, meu pai andava com os braços desaparafusados como aquelas senhoras muito gordas que parecem precisar do balanço do braço para manter o equilíbrio. Mas papai nunca foi gordo, apenas troncho demais, as costas já um pouco curvadas quase na altura do pescoço. Andou por um bom bocado até que entrou num sebo. Eu fiquei do lado de fora, esperando, e não demorou nem dois minutos, negociação rápida. Meu pai saiu caminhando sem pressa e pegou o caminho de casa. Eu entrei no sebo a tempo de ver o atendente colocando os livros numa bancada de títulos assinados pelo próprio autor. Peguei um deles e comprei, tinha uma dedicatória longuíssima, pura, de admiração pelo meu pai, verdadeira louvação.

Quando cheguei de volta em casa, o dinheiro na mesa, escorado por uma moeda. Não contei, mas era pouca coisa. Talvez a conta da padaria atrasada, ou nem isso. Perdi a vontade de confrontar meu pai. Ele estava no escritório, em silêncio. Deitei no meu quarto para ler o livro. A dedicatória era a melhor coisa.

A ideia de amor que tenho vem de um trecho de um livro do meu pai. Ele escreveu (e cito de cabeça, sem precisar consultar): "... um poste, duas mãos entrelaçadas que precisam se separar por segundos, sua mão e a de Luana." Eu sublinhei esse trecho e reli, reli por anos. Até que entendi. No amor, qualquer amor, e aqui penso no amor de pai e filho, por exemplo, as mãos entrelaçadas não devem se separar. Jamais. O que é um poste? O que é um poste para duas mãos entrelaçadas? Por que não mantê-las juntas e arrastar o poste, os postes? Meu pai nunca soube o que é amor. Meu pai sempre soltou as mãos no primeiro poste, ainda distante. A solidão são duas mãos entrelaçadas que se perdem no ar. O que fazer com essa mão repentinamente solta?

O que meu pai me ensinou, uma lista afetiva:

- a observar o vento nas folhas. Meu pai adorava olhar da nossa janela para uma árvore alta e ver os galhos dançando. Ficava um tempão assim. Eu sempre supus que ele não estava ali de fato. Longe. Um dia perguntei: "Pai, o que está pensando?" Não achei que responderia. Mas ele sorriu. E como era breve esse sorriso, raro. Falou, desarmado. "Está vendo aquela árvore ali?" E quando disse que sim, sem palavras, ele sorriu de novo. "Está vendo aquele galho, o último galho?" E olhou para a árvore e para mim, confirmando. Eu disse que sim, "Tô." Ele falou: "Olha como dança. Olha o vento fazendo cosquinha nas folhas." Desse dia em diante sempre olhei para as árvores e procurei o galho mais alto. Às vezes fazíamos isso juntos e ficávamos lado a lado durante minutos. Era um programa. Quando o vento cessava, tinha vontade de abraçar meu pai. Tenho até hoje.

- a dizer Porra quando o Flamengo faz um gol. Um gol é obra do acaso. Uma jogada nasce distante, numa sucessão de passes, bolas perdidas e recuperadas, decisões equivocadas. Um gol é o improvável. Dez jogadores tentando impedir, um batalhão de gente correndo para tentar cortar a jogada, o campo arredio, as ondulações no gramado, a imperfeição do equilíbrio de uma pessoa correndo, o cálculo de força entre a chuteira e a bola, o contato da chuteira com a bola, o atrito e todas as leis físicas. O goleiro. O goleiro! Um gol merece ser celebrado com um Porra de boca cheia.

- A contar até seiscentos quando está ansioso para alguma coisa. Contar até seiscentos parece uma piada, mas funciona. "Vai demorar muito para chegar, pai?" "Conta até seiscentos", ele dizia. E antes de acabar de contar, chegávamos. Já usei isso para me acalmar quando estava esperando uma moça na porta do cinema e ela não aparecia. Apareceu. Quando fui deixado sozinho numa sala antes de uma entrevista de emprego, ao passar por uma megaturbulência no avião. Contar até seiscentos sempre funciona. O que estragou foi um dia perceber, lerdo que sou, que esse contar até seiscentos era a mesma coisa que aguardar dez minutos. Foi-se a magia.

Minha analista – ou deveria dizer ex-analista, existe isso? – adora usar a palavra sombra ao lado do meu pai. Pai, sombra. A sombra do seu pai. Parece até nome de livro, dos ruins. Fato é que a sombra existe e sempre estive nela.

A pergunta: quis estar nela? Protegi-me dos meus fracassos nela? Meu pai sempre foi um prédio grande, gigante, tombado. Um prédio em que a beleza ainda está lá, mesmo com paredes enegrecidas e a tinta descascando. Você sabe a importância, embora não deixe de enxergar as imperfeições, a decadência. Eu fico na sombra desse prédio-pai.

Agora que o meu pai morreu é pior. Com ele vivo, no quarto ou no escritório, eu tinha ilusão de sair da sombra. Conseguir alguma coisa, alcançar alguma coisa. Mesmo não sabendo o quê, a ilusão existia, soava possível. Quem sabe em outra cidade, Londres, outro país. Com ele morto, não. O que importa? Conseguir, alcançar para quem? Com meu pai morto, vou me tornar ele, pelo menos para os editores, jornalistas e leitores. Fale sobre seu pai, escreva sobre seu pai, assine esse contrato para liberar a obra do seu pai.

Coisas que as pessoas não sabem sobre meu pai:

Meu pai adorava ir ao Jockey. Era seu programa predileto de sexta à noite. Às vezes eu ia junto. Íamos de ônibus. Meu pai tirava o programa do dia do bolso, uma folha maior que A4 toda dobrada. Variava entre rosa, branca, azul, verde ou amarela, sem nenhuma lógica. Enquanto ele abria aquela folha, tudo era possível. O programa todo estudado: círculos, rasuras e setas. Eu, com sete, oito, dez anos, achava tudo mágico. Os nomes: *Falcon Jet, Itajara, Black Arrow*. Figuras míticas, centauros.

Meu pai conhecia os jóqueis pelo nome, sobrenome, no caso, os treinadores, os haras. Ele fazia do jogo de azar uma ciência. Comparava os tempos em pistas diferentes, a temperatura da corrida anterior com a previsão de tempo daquele momento. Meu pai odiava páreo na chuva. "Isso não é corrida", dizia, "é fuga." Curiosa essa escolha de palavra.

Sempre chegávamos no terceiro páreo. Entrávamos no Jockey a passos largos e só parávamos na grade a tempo de ver o cânter. O combinado era que cada um escolheria seu cavalo. Ou melhor: eu escolhia. Ele já vinha com a decisão tomada, o nome do cavalo circulado em cada páreo. O meu objetivo não era escolher o vencedor, mas o mesmo cavalo que o meu pai escolhera. Mas era raro. Se eu escolhia o cinco, ele ia no dois. Eu ia no oito, ele no três.

"Mas o três correu de lado no cânter, pai, e com um cavalo-guia acompanhando."

"Ele está escondendo o jogo", dizia.

E acertava.

Quando tentei a mesma tática, o mesmo outro cavalo correndo de lado, acompanhado, meu pai reprovou. "Esse cavalo? Tem certeza?"

"Ele está escondendo o jogo, pai", disse, pimpão.

"Esse cavalo não tem nada para esconder, filho. Esse cavalo é isso aí que você está vendo. Mas você quem sabe."

O que eu sabia? O cavalo chegou em último lugar. Meu pai sabia ler cavalos como sabia ler pessoas. Ou, pelo menos, escrever sobre pessoas, descascando as camadas de proteção que cada um usa. Meu pai escrevia sobre os outros, com cacos dele mesmo. Ele esticava um espelho para o mundo e depois o estilhaçava. Mas não passava uma semana sem que um leitor-adulto falasse para mim que meu pai escrevia sobre ele, que meu pai era um bruxo que conhecia a alma humana. Conviver com essa mitificação de um pai não pode fazer bem a ninguém, ainda mais se o que evapora da relação pai e filho não é isso. Eu nunca achei que meu pai me entendia. Talvez porque somente agora eu comece a entender meu pai. Mas, claro, naquela época eu não tinha todas as informações que tenho hoje sobre ele. Todas, eu escrevi, exagerando: as informações, mas nunca todas. Apenas um, vários lados, mas parciais. Não é possível conhecer o todo de uma pessoa, percebo enquanto escrevo. Nem de si próprio, muito menos do outro, mesmo que o outro seja seu pai.

Ainda sobre nossas idas ao Jockey. Depois do cânter, íamos até o guichê. Meu pai tirava uma nota de valor médio e dizia:

"Isso é tudo que temos para a noite."

E em seguida, fazia uma rara piada (a mesma, sempre).

"Eu sugiro que a gente vá embora e atravesse a rua para jantar um churrasco de carne de cavalo no Braseiro."

Eu respondia que não, claro que não, pai.

Ele sorria, como se esse diálogo fosse inédito, e completava:

"Tudo bem, escolha sua. Quando o dinheiro acabar, vamos embora."

Eu assentia e optávamos pela menor aposta possível, para alongar a noite.

Ele falava as palavras no guichê: vencedor, placê, exata, inexata. Não apostava sempre no cavalo vencedor, fazia variações. Para mim, geralmente, apostava no placê. E me deixava cantar a aposta. "Terceiro páreo, placê do quatro." "Quinto páreo, placê do um."

Eu achava o máximo apostar. Eu achava o máximo apostar que o cavalo pudesse chegar em primeiro ou em segundo. Do guichê, íamos para a arquibancada popular; as longas fileiras de bancos de madeira quase todas vazias, tão vazias que eu sempre temia ler a notícia de que o Jockey fechara.

Meu pai escolhia uma fileira em que não tivesse ninguém, o que não era difícil. Mas não sei se era só nos dias em que eu estava lá, porque sempre passava uma pessoa e acenava. Depois outra, outros. Alguns ainda o saudavam como Brigadeiro. Meu pai fazia uma cara de depois eu te explico, mas nunca explicou. Também não era do meu feitio perguntar. E nunca perguntei.

Na minha memória ganhávamos pouco, perdíamos quase sempre. Chegava um ponto em que meu pai sempre balançava as moedinhas restantes e falava, galhofeiro.

"Não foi hoje que sobrou dinheiro para o churrasco. Mais um páreo ou um refrigerante?"

Eu escolhia a Coca-Cola e íamos embora.

Entre um páreo e outro, geralmente andávamos pelo Jockey. Para quem não conhece, o hipódromo fica na área nobre da cidade, mas tem o tamanho de um bairro. São apenas duas arquibancadas – as populares, onde ficávamos, e as sociais – com um portãozinho baixo entre elas que fica apenas encostado. Em dias normais, quem quiser pode transpor sem ser incomodado. Seguindo pelo terreno atrás das arquibancadas chega-se ao local onde os cavalos são expostos e aquecidos antes dos páreos, e adiante, longe, mas visível, ficam as baias onde os cavalos esperam ou tomam banho após a corrida.

Nos dias em que meu pai não estava acertando nenhum resultado ele dizia para irmos dar uma olhada de perto nos cavalos do próximo páreo. Caminhávamos até lá, apoiávamos na grade e esperávamos. Nunca demorava. Os páreos têm intervalo de meia hora, mas nesse tempo os cavalos são apresentados, depois seguem para o cânter, depois a corneta de fim das apostas soa, então parece que algo sempre estava acontecendo ou prestes a acontecer. Meu pai nunca falou muito, mas quando olhava os cavalos ele não falava nada mesmo. Nem uma palavra. Esse alheamento quase absoluto – o corpo dele também não indicava nada, quiçá desplugado – se aproxima de como eu imagino que fosse a postura que ele tinha ao escrever, que nunca vi, por sinal, e claro que sabendo que quando ele escrevia as mãos estariam ativas deslizando pelas teclas da máquina de escrever. Meu pai não observava todos os cavalos, apenas o que ele já escolhera. Eu me colocava ao lado dele, e como ele não parecia estar lá, podia encará-lo sem medo ou vergonha. A mim, criança, ou até mesmo hoje, lembrando (imaginando, reconstruindo), me parecia que ele estabelecia um contato visual e físico com o animal. Mirava os olhos, mas não apenas; também a postura, os músculos, o contorno das ancas e patas, o som dos cascos na areia, o relinchar suave. Certa vez, e nesse caso não imagino ou reconstruo, mas lembro, ele rompeu esse silêncio com um "NÃO". Eu perguntei não o quê? Mas ele não respondeu. Sei que ele não apostou no cavalo. Eu sabia que aquele animal não venceria o páreo, conhecia e confiava no meu pai neste nível quase mágico, o que, hoje pensando, era compreensível, já que todos só se referiam a ele assim, envolto numa aura. Minhas expectativas, então, eram altas. Esperei que o cavalo não largasse, depois que derrubasse o jóquei ou que parasse a dez metros da chegada como uma mula. Queria ver algo espetacular. Mas nada disso. O cavalo largou, correu, competiu, apenas não ganhou. Chegou em terceiro. Eu fiquei com certa raiva, porque queria algo diferente, tanto que me lembro disso até hoje. Mas agora, pensando, lembrando, escrevendo, reparo no essencial: o cavalo não ganhou. E, afinal, bastava isso para que meu pai não o escolhesse.

Coisas que as pessoas não sabem sobre meu pai II:

Meu pai não conseguia olhar ninguém nos olhos. E quando digo não conseguia não é que ele tentasse não olhar ninguém nos olhos. Ele realmente não conseguia, fugia continuamente dos olhos alheios. O que sempre me incomodou. Até nas raras vezes em que ele se dignou a puxar um assunto, dar um conselho (dar um conselho!), ele fez olhando para o horizonte, ou através. Mas geralmente para o horizonte. Meu pai estrategicamente sempre sentava lado a lado com as pessoas. Em casa nunca fazíamos as refeições juntos, mas caso fizéssemos o meu pai daria um jeito de não nos olharmos. Em restaurantes, nas raras vezes em que saíamos os três – geralmente no aniversário de minha mãe –, ele sentava sempre ao lado de um de nós, cuidadosamente respeitando o arranjo de não ter ninguém à sua frente, só ao lado e na diagonal. Chegou a mudar de cadeiras nas vezes em que eu ou minha mãe desrespeitamos esse arranjo. E depois de um tempo era claro que existia um arranjo, ele ao lado de minha mãe e eu, no banco em frente ao dela.

Na primeira vez que saí com uma menina para jantar, numa mesa de quatro, sentei ao lado dela. Lembro que ela me olhou espantada, eu então inseguro com qualquer deslize, e disse para eu sentar do outro lado, que com ela não era assim que funcionava, a gente não iria se pegar num restaurante. Não entendi de imediato o que ela falou, mas mudei de lado. Só estava imitando meus pais. E, claro, não consegui me recuperar do baque inicial e a noite terminou em lados opostos da mesa e do táxi.

Nos romances do meu pai não há muita descrição. Geralmente a trama é de dentro para dentro. A literatura do meu pai reflete o seu jeito de olhar o mundo, atravessado, indireto, interior. Meu pai possivelmente não saberia descrever meu rosto, minhas sobrancelhas, se o meu sorriso é torto, como o dele, ou com uma pequena covinha, como o de minha mãe. Mas ele conseguiria enxergar minhas limitações, minhas imperfeições. Se ele escrevesse. Ou se ele publicasse o que escreve (se é que escrevia naquele escritório todas as manhãs). O que me leva à segunda pergunta que mais ouvi toda a vida: seu pai ainda escreve? E que me incomoda menos que a que mais ouvi: por que seu pai não lançou mais nenhum livro?

A resposta de uma delas eu sei: meu pai ainda escreve (escrevia). Quase todas as manhãs ele se fecha(va) (eu ainda patino nos tempos verbais, a ausência dele é nova demais para mim) no escritório. Quando eu era menor, minha mãe dizia que ele estava escrevendo. A variação: seu pai está trabalhando. Mas nada saía dali. Tudo era passado. Meu pai tinha três livros. As variações: meu pai tinha três livros e várias reedições e traduções. Ele não manejava bem o computador, então o senhor pacote, além dos livros de outros, recebia os seus. Nas novas edições, posso dizer porque vi, ele de fato trabalhava. Relia, mudava palavras, riscava frases. Quando pronto, o livro chegava lá em casa e a editora, espertamente, colocava um selo de edição revista pelo autor. Lembro até de uma matéria que saiu num jornalão paulista cotejando letra por letra o maior romance brasileiro dos últimos vinte e cinco anos. A manchete falava: "Nova edição de *Veranico* chega às livrarias com cento e vinte e sete palavras a menos." É um título engraçado, mas deixou meu pai furioso. Ele disse em alto e bom som (berrando, sejamos claro) que jamais falaria com aquele jornal de novo. Eu achei a frase curiosa: naquele momento meu pai não dava entrevista havia mais de vinte e cinco anos. Tentei fazer essa observação-piada, mas ele não me ouviu, ou fez que não me ouviu.

Nas traduções meu pai não mexia. Ele confiava cegamente no tradutor, que para aceitar o trabalho era sabatinado pela agente que cuidava da carreira do meu pai. A capa precisava ser aprovada, mas ele raramente contestava qualquer imagem. As capas do meu pai são horrendas, ultrapassadas, geralmente uma obra de arte centralizada com uma cor em volta. A editora chama de projeto gráfico, unidade. Sei porque a agente literária do meu pai veio aqui em casa da primeira vez que ele trocou de editora e vendeu o novo projeto. Meu pai não aceitou que o dono da editora, ou a editora, viessem falar sobre os planos para a obra dele. Só a agente. Ele tinha três propostas, uma delas de sua antiga editora, que apelava para o emocional. Nem com essa meu pai topou o encontro. A segunda editora, cult, ofereceu um bom dinheiro, e propôs edições comentadas com fortuna crítica, posfácio de um especialista da USP e o caralho a quatro. A terceira editora ofereceu um caminhão de dinheiro (para a época) e, aconselhado pela agente, foi a que meu pai aceitou. Um contrato de cinco anos, renováveis automaticamente por outros cinco, com multa caso um dos lados quisesse romper. Essa editora propunha basicamente fazer um plano de venda em massa para o Governo, que deu resultado, e gerava um bônus a cada cinquenta mil livros vendidos.

Eu era adolescente nessa época e fiquei um pouco incomodado. Meu pai era um artista e se vendera. Não cheguei a externar isso (não teria espaço, meu pai não conversava sobre o assunto comigo), mas fingi uma irritação por semanas, reclamando apenas para minha mãe. Ela disse que precisávamos de dinheiro, o colégio caro, a empregada não tinha aumento havia dois anos, o carro sem ser trocado há seis, mesmo comprado usado. Eu reclamei, mas hoje entendo.

Nos três primeiros anos, meu pai vendeu seus três livros para o Governo Federal. Cada edital falava em duzentos e sessenta mil livros vendidos, a um preço de capa menor. Façam as contas. Todos ganharam, mas, obviamente, a editora embolsou muito mais. Não sei dizer se quando meu pai foi procurado a editora já tinha algum acerto para que seus livros fossem adotados. Talvez sim, talvez não. Meu pai era, afinal, o autor do maior livro brasileiro dos últimos vinte e cinco anos, o que fazia seu nome ser, talvez, a maior grife entre os autores vivos. No primeiro edital colocaram logo seu clássico, aprovado, e nos anos seguintes as obras menores.

Passados cinco anos, o mercado tinha mudado, os valores também, e a multa rescisória milionária era agora uma besteira. Desta vez cinco editoras procuraram meu pai. A editora original dele havia sido incorporada por uma editora espanhola paradidática e também entrou na concorrência, com o mesmo nome, agora usada como a marca literária da gigante multinacional. A agente era (é) a mesma. Novamente, ela mediou tudo. Mas dessa vez as editoras capricharam e mandaram vídeos e bonecas dos livros do meu pai com os novos projetos gráficos. A favorita era a editora cult, agora não apenas cult, mas ligada ao mercado, sócia de uma gigante norte-americana. Sua proposta, explicada num DVD pelo próprio dono, era fazer meu pai ser o maior autor brasileiro depois de Machado, e para isso seria preciso fazer seus livros chegarem às novas gerações. Ele falou, entusiasmadamente, sobre as adaptações para *graphic novel* do grande romance do meu pai (e nesse momento a agente esticou a boneca de como ficaria o livro, com o primeiro capítulo já produzido, e pausou o vídeo), além das tais reedições com a fortuna crítica, das edições de bolso, do mercado de compras de governos estaduais e municipais (com bônus, disse a agente). Meu pai parecia satisfeito. Era também a melhor proposta, financeiramente falando. No entanto, bem no final do vídeo, falando mais baixo, sem olhar exatamente para a câmera, o editor comentava sobre uma possível biografia (autorizada, disse a agente), o que fez meu pai levantar, furioso, e se trancar no escritório. Minha mãe tirou ele de lá depois de cinco minutos e escutamos as outras propostas – piores, no todo, embora uma combinação entre elas (capas de uma, ideia de vender em bancas de outra, venda do direito do livro para a televisão para uma terceira – também dona da TV) talvez rendesse bem. O assunto biografia ficou esquecido. Com o dinheiro a empregada recebeu novo aumento, um carro zero foi comprado, alugamos uma casa de veraneio e, quatro anos depois, a sobra desse dinheiro, aplicado, foi utilizada para pagar minha viagem.

Eu vim para Londres para fugir da sombra do meu pai. Cresci imaginando que era favorecido e prejudicado pelo sobrenome, então tentar a vida em outro país sempre me pareceu uma saída natural. Vim achando que não voltaria, mas dizendo para eles (pai e mãe, que se dispuseram a pagar as passagens, um último esforço naquele momento) que em seis meses estaria de volta. A desculpa era um curso de inglês (também pago), com hospedagem inclusa.

Meu plano ao chegar era simples. Arranjar um emprego – para me sustentar – e um lugar barato para morar. Depois largaria o curso de inglês e tentaria o mestrado. No meu segundo dia em Londres eu andei o dia inteiro, mas era tímido demais para pedir emprego de porta em porta. Até que a fome veio e parei para comer um sanduíche num dos zilhões de Pret a Manger espalhados pela cidade. A moça que me atendeu, toda sorrisos, era feia de doer. Tinha os dentes estragados e a aparência nada saudável. Os cabelos rebeldes saiam da touca, cor ocre. Ela era tão sem sal que resolvi inquirir sobre um anúncio de vagas afixado na porta. Ela perguntou de onde eu era, pelo sotaque. Eu disse Brasil. Ela questionou se eu também falava espanhol. Eu respondi que sim, mentindo. Ela disse que estava sozinha no caixa e precisava de ajuda com os pedidos. Eu perguntei do salário e ela me disse quanto pagavam por hora, e quantas horas eu ficaria. Eu achei o salário baixo e as horas, muitas, mas quando vi já vestia o uniforme e sorria a cada sanduíche entregue. Perguntei da touquinha, mas não era obrigatória. Ela usava porque achava bonita. Não era.

Arranjar um lugar para ficar foi mais complicado. Trabalhava quase o dia todo e chegava moído ao curso de inglês. Só queria deitar. No trabalho ninguém sabia de lugar para morar e o jeito era esperar segunda, meu dia de folga, para resolver isso. Na quinta – eu arranjara um emprego numa terça – eu queria morrer ao imaginar mais um sanduíche de atum com pepino, ou uma salada verde com um molho adocicado. Mas precisava do dinheiro, sair da sombra do meu pai, e fui ficando. Na segunda, ao invés de achar um apartamento, encontrei outro emprego. Instrutor de pingpong/barman/lavador de copos num salão de jogos para bacanas e empresas em Holborn. O emprego pagava mais – um pouco mais – e o lugar só abria às 18h, então teoricamente eu trabalharia menos. Teoricamente mesmo, porque ninguém precisava de instrutor algum lá – as pessoas iam se divertir, não perder para um instrutor que nunca era requisitado e fazer drinks não era, nem nunca seria, minha especialidade. Quando percebi estava lavando copos no balcão, quando percebi estava lavando copos na cozinha. Quando dei por mim tinha minha mão toda ferida pelo detergente barato que eles usavam. Quando dei por mim (e prometo não usar mais essa expressão) estava com saudade da moça feia do Pret a Manger. Eram duas da manhã e eu não comera nada desde o almoço. Eu até aceitaria um sanduíche de atum com pepino e um suco de grapefruit (tá, suco de grapefruit, nem assim). Mas estava tudo fechado. E o inverno nem chegara.

Liguei para casa para contar do primeiro emprego. Minha mãe achou o máximo o filhinho estar trabalhando. Eu disse que não ganhava tanto assim. Ela perguntou do curso de inglês e eu disse que dava para conciliar, que o curso era legal. Mentira. Depois da primeira semana eu jamais fui a aula alguma. No meu tempo livre eu apenas dormia. Se era para melhorar o inglês, que fosse na marra.

No segundo telefonema, outro emprego. Meu pai do lado de lá da linha. Falei do ping-pong e meu pai exultou. Era como se eu finalmente tivesse alcançado alguma coisa na vida. "Você está vivendo de ping-pong?", ele perguntou. Na sua voz certa felicidade, mas incrédula. Eu disse que sim. Menti. Ele disse, com aquela linha de pensamento indireta dele: "Quem diria, os Rascal vivendo de livros e ping-pong." Eu não achei tanta graça assim, fiquei em silêncio. Meu pai nunca lidou bem com esse vácuo na conversa. Meu pai nunca lidou bem com conversa alguma, mas um papo que estanca o deixava muito nervoso. "Você sempre teve esse talento no ping-pong", ele disse. A frase era boa, mas empaquei. Esse talento no ping-pong, único talento. Único talento: jogar ping-pong. Desliguei pouco depois e só pensei nisso no resto do dia. No emprego, pedi para voltar para o salão. Eles tinham um ambiente menor para alugar para empresas e eventos, com três mesas e um barzinho privê. Eu disse que eu poderia ajudar nesses eventos, organizar os campeonatos, fazer demonstrações. Eu, afinal, tinha esse talento no ping-pong. O gerente não entendeu muito bem, era um indiano que falava um inglês complicado.

Eu repetia, devagar, como se nenhum dos dois entendesse ou falasse inglês. "I have a special talent for ping-pong." E com os gestos eu imitava uma cortada vencedora. "Special talent. Special. Talent. Ping-pong." O gerente indiano exclamou alguma coisa, que não entendi. E fez com a mão um sinal de vem. Eu larguei o avental na cozinha e fui.

Chegando lá, ele disse:

"This is Ping."

E lá estava o novo instrutor de ping-pong, um chinês de cabelo escorrido cortado numa cuia e olhar obstinado.

"Play game", ele disse.

O china me olhou com cara de enfado.

Eu sabia que perderia, entrei derrotado. *Special talent* o escambau. Com 13 anos eu perdia no colégio para outros moleques. Quem era eu para ganhar do Ping no Pong (*I have a special talent for bad jokes*).

Eu fiz com a mão um sinal de que precisava aquecer. Ele entendeu e jogou a bolinha quicando. Rebati com efeito, uma bola sem força. Ping colocou um efeito reverso e a bolinha morreu a um palmo da rede. Eu me joguei em sua direção, raquete a frente, e bati como pude. A bola relou na rede, subiu diagonalmente e buscou a casquinha. Ping ainda tentou, mas era impossível. O jogo ia ser difícil, pensei.

Mas não o indiano: "Ping, kitchen, brazilian guy, table."

Game over.

O chinês protestou, em vão.

"I have a special talent", disse, mesmo sabendo que mentia. E que meu lugar não era ali.

Mas lavando copos também não era.

Depois da minha batalha épica contra Ping, só me restava aproveitar. Eu ficava ali no salão, vestindo a camiseta do lugar, me oferecendo para jogar uma partidinha. Uns aceitavam, a maioria não. Mas o que importava era circular, me manter ocupado, soar ocupado. Eu não era essencial, mas parecia. Na maioria das noites jogava uma ou duas partidas quando um parceiro ainda estava preso no trânsito ou ia fazer uma ligação que durava horas. Muitos executivos marcavam reuniões ali para fechar negócios em clima descontraído. E em alguns momentos sobrava um subalterno sem ter o que fazer.

Eu nunca mais vira Ping, mas tinha pesadelos com ele. Aquele china me pegaria na esquina um dia. E foi assim: ou quase. Já estávamos no fim do mês e eu tinha que arranjar um lugar para ficar. Havia resolvido minha situação no curso de inglês pegando a restituição por grande parte do ano, mas eu teria que desocupar o quarto em que estava em dois dias. Com o dinheiro certo do ping-pong e mais a grana do curso eu teria o suficiente para passar uns meses sem pedir dinheiro para os meus pais. Mas só se eu arrumasse um lugar barato para ficar.

Como só trabalhava de noite, até a madrugada, tinha o dia livre. E ia arrumar um apê para morar. Pensava nisso quando subi as escadas do local para desembocar na rua. Ping me esperava na esquina, de olhar atravessado, fumando um cigarro. Cena de filme. Gelei.

Minha primeira reação foi parar. Depois olhar para os lados. Ninguém na rua. Só eu e Ping, ele também sozinho.

Putaquipariu, pensei. Ou talvez até tenha dito.

Eu não tenho o tamanho do meu pai, mas Ping também não era alto. Um pouco mais troncudo. Parecia mais forte também. E do mal. Ping tinha uma cara de malvado.

Eu pensei: vou lá, dou um soco nesse china e saio correndo.

Ping tragou, jogou o cigarro no chão e fez o sinal de vem. Teatral.

Só me restava ir, de punho cerrado (*por supuesto*), um dedo dobrado imitando um soco inglês (*local flavour*). Ping levantou as duas mãos, mas deixou-as espalmadas para frente. Isso me deixou confuso. Que merda de posição era aquela, que golpe oriental ele ia me dar.

"Ô meu, puta sacanagem você roubar meu emprego. Olha minhas mãos. Esse indiano filhadaputa usa um sabão merda pra cacete na cozinha."

Então Ping era brasileiro, pensei, sem desfazer o punho. Ele levou as mãos esfoladas até meu ombro e me deu um meio abraço.

"Você também é um filho da puta mas eu preciso de companhia para beber umas hoje. Meu nome é Leonardo."

E foi assim que arrumei um apê para morar. Dividindo com Leonardo e outros dois brasileiros – um casal gay que trabalhava em construção civil – um microapartamento em Manor House, uma vizinhança cheia de turcos (toda vez que pegava o trem, sentido CockFosters, eu ria sozinho; julguem-me). Disse meu nome (e sobrenome) e nenhum deles perguntou se eu era parente do meu pai.

Coisas que as pessoas não sabem sobre meu pai III:

Meu pai não chegava a ser um eremita. Em datas específicas, arrastado por minha mãe, ele ia a um compromisso social. Era sempre coisa de família ou do trabalho dela. Nestes casos, observar o arco da presença do meu pai na festa/churrasco/aniversário era mais interessante. De início, as pessoas vinham quase em fila falar com ele. Os leitores e os não leitores, principalmente os últimos. O problema é que meu pai não tinha (se é que algum dia teve) traquejo social algum. Ou melhor: meu pai não tinha carisma. Era uma figura enfadonha. Para começar, ele não se vestia mal nem bem, estava naquela zona intermediária para ruim, um cafonismo em estado bruto. Não parecia nem mal vestido suficiente para passar como artista ou genial. Fisicamente, a barriguinha não conferia nenhuma dignidade, e com os anos ela passou de inha para ão. E com aquela altura ele poderia parecer um gigante abobado (Deus me perdoe). Mas o pior era que conversar com meu pai era impossível. Sobre seus livros, ele pedia desculpa mas não falava. Isso já deixava as pessoas desconfortáveis. Era incompreensível que uma pessoa de sucesso não quisesse conversar sobre seus feitos. Se era uma pessoa que gostava de literatura e falava o que andava lendo, a conversa morria porque meu pai nunca conhecia os nomes citados, ou fazia que não conhecia. Ele só gostava de ler coisas obscuras, em geral livros de batalhas de guerras romanas (minha mãe dizia que ele sabia um pouco de latim e lia no original, eu duvido) ou clássicos russos.

A coisa sempre se arrastava monotonamente para um tapinha nas costas, vou pegar outra bebida. Da parte dos outros, diga-se. E meu pai restava ali no meio do nada, esperando outra pessoa se aproximar para uma nova tentativa. Mas em dado momento não vinha ninguém e meu pai seguia lá, desligado do mundo, num isolamento quase contagioso, em quarentena. Um brinquedo caro no que eventualmente a criança perde o interesse. A festa de um lado, e meu pai, do outro, mesmo que o outro lado fosse bem no meio do salão. Se o evento se arrastasse mais um pouco certamente meu pai seria visto andando sozinho pelos cantos da casa, olhando plantas ou rachaduras na parede, numa melancolia de dar pena. Nessas ocasiões eu sentia muita vergonha pelo meu pai, e procurava permanecer ao seu lado, mesmo calado, só para protegê-lo, passar uma ideia de que estava tudo bem (e para ele, acho, estava tudo bem, apenas uma festa/churrasco/aniversário chato).

Mas para mim e para o resto do mundo era estranho, incompreensível. Ali estava, na concepção de entendimento do mundo como temos, o homem mais interessante e genial daquele lugar, o artista, o escritor, o maior escritor brasileiro vivo (as palavras-saudações que todos usavam no aperto de mão original da noite, alguns elevando a voz acima do educado) e, no entanto, ali estava o homem mais chato e deslocado do lugar, aquele com quem era impossível manter uma conversa, um *small talk*.

Para mim, meu pai era essa figura, mas vê-lo assim desmascarado em grande público me enfurecia, me enternecia. Quando eu menos esperava, já estava abraçando meu pai. Porque, no fundo, eu sabia que éramos iguais. A diferença é que ele era considerado genial. Eu, não.

Mas eu talvez não compreendesse bem meu pai quando pensava que ele não ligava em parecer chato. Possivelmente já maquio as memórias. Muitas vezes meu pai claramente se esforçava para que a conversa perdurasse. Ele achava aquela pessoa em sua frente chata, dizia antes da festa para a minha mãe – "Vai vir aquele chato do Menezes puxar assunto" –, mas ele mesmo assim tentava vez por outra. Um dia ficou conversando meia hora com esse chato, chefe da minha mãe. Ela depois perguntou sobre o que tinham falado. Ele disse que ele mesmo pouco havia dito, mas que o Menezes comprou um barco e estava aprendendo a navegar, tinha aulas particulares, na semana anterior tinha ido até Angra com um marinheiro apenas, e descreveu a ondulação do barco no mar aberto, de como o barquinho quase tombou com o vento. E, por oito vezes durante a conversa, disse que meu pai tinha que escrever um livro sobre isso. Meu pai citou Hemingway e Melville, mas o Menezes disse que não conhecia, mas que ele tinha comprado o livro do Amyr Klink e da família Schürmann para ler antes da próxima aventura – "Aventura", ele disse, e riu.

Mas uma hora o Menezes foi embora e meu pai ficou sozinho no resto da festa.

A vida em Londres, em pouco tempo, me parecia absurda. De dia, um frio de rachar. Não tinha nenhuma vontade de sair à rua. À noite, trabalho, todos os dias menos domingo, até duas da manhã. A essa hora não tinha mais metrô (sentido CockFosters – desculpa, parei!) e era preciso voltar de ônibus. O problema: esperar pelo transporte com os pés congelando. Eu ficava dando voltas no quarteirão, de olho na rua para não perder o maldito vermelhinho – o que aconteceu quatro vezes. Justamente na quarta eu decidi que era hora de voltar. Eram quase três da manhã, eu não sentia mais meus dedos dos pés. Resolvi andar até o próximo ponto simplesmente para não me manter parado (ou andando em círculos) pela provável meia hora que o ônibus demoraria. Para ficar claro: não há nenhum glamour em andar de madrugada em Londres. As ruas estão desertas, mas mesmo assim não tinha aquela sensação de a cidade é minha. A cidade não era minha. A cidade era dos filhos da puta que dormiam quentinhos debaixo do cobertor, aquecedor ligado. Eu não estava na sombra do meu pai, mas na claridade eu também não estava. O tal mestrado não sairia – eram necessárias cartas de recomendação, cópias e documentos de faculdades e eu não tinha nada daquilo. Viver sozinho era menos interessante do que eu imaginara. Eu dividia o apartamento com três pessoas, mas basicamente não os via, só sua bagunça na sala, cozinha e banheiro (e, meus caros, aquele único banheiro fedia, como fedia). Nossos horários não batiam. Ping-Leonardo nunca mais me chamou para beber. E nem daria, todas as noites eu trabalhava, menos domingo, que era o dia em que os outros morgavam no sofá o dia inteiro. O inverno não ajudava. Eu não conhecera quase ninguém naqueles meses, não teria histórias ou aventuras para contar (fora o duelo com Ping) e minha vida amorosa era tão vazia que eu já começara a fantasiar um caso com minha colega de touquinha do Pret a Manger. Passei um dia lá para dar oi, mas ela não me reconheceu, ou fingiu não me reconhecer. "May I take your order?"

Pensei nisso tudo de madrugada enquanto andava de um ponto ao outro, e quando o ônibus seguinte passou me ignorando (motorista carioca?), decidi que iria para casa andando só por vingança (de quem?, penso agora). Andei por duas horas, no escuro, e quando cheguei em casa sabia que era preciso voltar para o Brasil. Mas, pior: eu pagara o apartamento pelo ano todo e não tinha dinheiro ou crédito para comprar minha passagem. Voltaria ao Brasil devendo a meus pais, ao meu pai, com rabo entre as pernas.

Liguei para casa para contar a minha decisão. Minha mãe disse que o dinheiro andava curto, mas compraria a passagem para o início do mês seguinte, quando um adiantamento de uma venda dos direitos do meu pai para a Dinamarca entrasse. Pedi para falar com o meu pai também.

Ele ainda não sabia do meu pedido de socorro e foi logo perguntando sobre o ping-pong:

"E aí, ganhando de todo mundo no ping-pong?"

"Vou voltar, pai."

Ele não se incomodou. Ou perguntou o motivo. Ou disse que sabia que isso acabaria acontecendo. Eu esperava que ele soltasse essa frase e já tinha uma resposta pronta, arquitetada. Mas ele não disse nada. Ou disse:

"Conversamos na volta, então."

"Claro", eu disse, e desliguei.

Esperar aquele dinheiro do início do mês seguinte foi a pior coisa, uma humilhação completa. Mas não só isso. Ter tempo para pensar me fez (adivinhem?)... Eu estava voltando para o Brasil para quê mesmo? Nada mudara. Eu seria eu, meu pai seria meu pai, e a sombra que vazava dele mesmo em dias nublados, um véu. Era preciso, necessário até, ficar. Mas se eu não tinha motivo para voltar, nada me prendia em Londres. O rei do ping-pong poderia ser substituído por um Pong qualquer da Coreia ou do Peru (desculpa aí, prometo melhorar).

Mas foi exatamente no Bounce (esse era o nome do local) que conheci Sophie. Eu repetia meu teatro de todas as noites, de me apresentar como o instrutor de ping-pong do lugar, se alguém quisesse jogar, treinar ou pegar algumas dicas sobre o esporte e as regras era só falar comigo. Eu era treinado a falar alto, mas nem tanto. Ser ouvido, mas ignorado. Nesses eventos de empresa nunca sobrava espaço para mim, o que não era de todo mal. Eu circulava na sala escura, vagando entre os sofás, as mesas e o bar. Quando tinha muita gente, ajudava o barman italiano a entregar as bebidas incluídas (e muito bem incluídas) no preço do aluguel.

Foi assim, num dia de evento cheio, no bar, que Sophie veio falar comigo. Já era tarde, momento em que as mesas já esvaziavam e o teor alcoólico aumentava. Ela pediu um gim fizz, um drinque do qual no Brasil eu nunca tinha ouvido falar, mas que lá era popular. Eu devo ter feito uma cara de decepção – espremer limões à meia-noite não era exatamente um ideal de vida – e ela riu. "It can be a beer, then", ela disse. Não que eu tenha entendido, a fronteira entre o inglês de francesa que ela falava e o inglês de brasileiro que eu compreendia era comprida. Eu sorri, para ser simpático, e fui pegar os limões. Ela roubou um deles da minha mão, para minha surpresa, e jogou para o alto. Sem olhar (ou pelo menos assim me pareceu) ela abriu uma das mãos, agarrou a fruta e me devolveu. Eu tentei outro sorriso.

"So, you are the ping-pong master", ela disse. Eu sorri, dessa vez tinha entendido. "Do you wanna play?", eu disse, frase e gestual – apontando uma das mesas vazia. Ela fez que sim, mas apontou para uma cerveja no bar. "Take one for you too." Respondi instintivamente que mais tarde, e depois fiquei pensando que estranha coragem foi aquela, a sugestão implícita na frase de que haveria um mais tarde em outro lugar.

Sophie era péssima no ping-pong, o que foi bom. O jogo se arrastava em erros e bolinhas quicando pelo salão, com espaços para risadas (quase todas dela), goles de cerveja (só dela) e perguntas indiscretas (minhas, de onde estava vindo aquela desinibição?). O lugar foi se esvaziando, um grupo de colegas chamou Sophie para ir embora, o espaço de festas fechava à 1h. Ela estendeu a mão e disse bom jogo. "We will go somewhere else. Do you wanna come?" Eu disse que só sairia dali a uma hora. Ela virou para trás e gritou a pergunta: "Where will we go?" "Elephants", em coro. Ela repetiu para mim. "Elephants. Do you know where it is?" Eu disse que sim, embora não tivesse a mínima ideia de onde ficava o tal do Elephants ou o que seria aquele local.

Obviamente aquela hora se arrastou em arrumar a bagunça deixada no salão, recolher todos os copos a serem lavados, guardar as raquetes e bolinhas no depósito e perguntar para todos os funcionários o que era e onde ficava o tal do Elephants. Ninguém sabia, todos pobres coitados como eu que trabalhavam até a madrugada e depois só queriam saber de dormir. Quando estava perdendo as esperanças, lembrei-me da coisa mais óbvia do mundo: Google. Digitei Elephants + London e no fim da primeira página estava lá: The Elephants Head, pub, Camden. Peguei meu primeiro táxi londrino da vida e cheguei lá às 2:15. O bar estava fechado, mas com gente dentro. Forcei a porta, trancada, mas ela não se mexeu. Bati com força e um segurança mal-encarado saiu e disse que estava fechado.

Eu tentei argumentar que ia encontrar com um pessoal que estava lá dentro, mas ele soltou um "Go away" grave e fechou a porta.

Era humilhante estar ali, no frio, sozinho. Eu procurei nos meus bolsos por coisas para fazer. Ficar no celular nem pensar, eu não tinha para quem ligar nem ao menos crédito para 3G. O ideal seria um cigarro, mas eu não fumava. Estava preso numa estranha imobilidade. Queria não estar ali, mas me recusava a ir embora. E ainda tinha a questão de chegar em casa depois. Eu estava bem longe de casa e, sem metrô, teria que procurar um ônibus. A rua ainda estava cheia, vez por outra um grupo passava, barulhento. Eu parei dois homens com camisas com alusão ao Brasil e pedi um cigarro. Eles me deram e seguiram. E então eu ouvi o grito:

"The ping-pong master."

Mas não era Sophie, era uma inglesa (depois soube que era australiana) feia, de cabelos desbotados.

Ela viu minha cara de espanto e entrou novamente no bar. Eu sabia que Sophie sairia em seguida e, pela efusividade que a amiga teve, que ela estava de fato me esperando. Mas pelo apelido, eu devia estar sendo zoado há mais de uma hora.

"Hi", ela disse, e me deu um selinho. Eu não estava preparado para aquilo e nem curti, já pensando se continuava o beijo, usava a língua ou não. O selinho acabou, mas projetei o corpo para frente, uma situação ridícula, como se os lábios dela fossem um ímã a me puxar. "So you want another one?", ela perguntou, olhando nos meus olhos. Eu não respondi, só beijei. Era meu primeiro beijo em meses. Sophie disse que eu não beijava como brasileiro e eu retruquei dizendo que ela beijava como uma japonesa. Ela não entendeu, e quis saber do que eu estava falando. (Eu não tinha ideia do que estava falando, de onde viera aquela frase, eu nunca tinha beijado uma japonesa até então, nem uma francesa antes dela. A frase, apenas uma reação ao comentário dela, certamente pejorativo.) Tentei um beijo para aplacar o início da discussão, mas ela deu um passo atrás e novamente beijei o vazio; não perca a conta: dois beijos, um ruim e outro pior, e dois saltos ao nada, no mau sentido. E ficamos assim. Ela se irritou e foi embora quando as amigas chamaram. Eu fiquei.

Pensei que nunca mais a veria. E, para ser sincero, não fiquei muito chateado. A nossa história era legalzinha, o encontro, o desencontro, e o beijo não beijo, se é que aquilo poderia ser chamado de história. Historinha. De qualquer jeito, de que adiantaria eu pensar no assunto? Eu não tinha o contato dela, ela sabia onde me achar. Mas não imaginei que ela iria querer me encontrar novamente.

No entanto.

No dia seguinte.

Na noite-madrugada seguinte.

No mesmo local em que Ping-Leonardo tinha me esperado com um cigarro na boca e as mãos espalmadas. Ela estava escorada no poste. Sozinha.

Dei um sorriso – pelo menos acho que sim. Ela veio andando em minha direção, cada passo uma aventura em desequilíbrio, bebinha.

"Let's drink", eu disse, numa espirituosidade que me assustou. Eu estava feliz que ela estava ali.

Ela riu:

"Nooooo, I'm already drunk. Let's kiiiiss."

Coisas que as pessoas não sabem sobre meu pai IV:

Meu pai usava um Cássio preto que tinha um cronômetro. Era um relógio simples, de quatro botões. Um deles, na esquerda superior, era liso, quase encavado no corpo do objeto, e servia para zerar. O botão da direita inferior servia para dar início ao cronômetro e pará-lo. Meu pai tinha a habilidade (por falta de adjetivo melhor) de cravar o ponteiro dos milésimos em zero. Bastava ele concentrar um pouco e ele podia parar em 10 segundos cravados, um minuto, quarenta segundos.

Todos os dias ele em algum momento estava de cronômetro na mão, alternando os botões com rapidez, e se eu quisesse poderia testemunhar o que ele estava fazendo. Ele chamava isso de mágica da precisão. Mas sempre explicava em seguida, preocupado em deixar claro, que de mágica aquilo não tinha nada, apenas concentração, esforço e repetição.

É preciso achar o momento certo, ele dizia. Não tem a ver com o número exato que aparece quando você aperta o botão. Os centésimos passam rápido demais para você de fato ver qualquer número. É um sentimento, ele dizia, uma comunicação entre o tempo e seu dedo. Uma memória. Um *déjà vu*. É o mais próximo que o ser humano pode fazer em termos de controlar o tempo.

Eu escutava embevecido. E pedia o relógio. E brincava de alternar botões e dedos, e muitas vezes chegava perto de cravar os zeros. Até que um dia consegui. Meu pai sorriu, lembro-me disso bem. Esses momentos místicos dele sempre me pareciam coisas de filme, uma transcendência que eu imaginava escondida. Meu pai, afinal, era o escritor, o entendedor de coisas maiores, e nos breves momentos em que eu podia presenciar algo do tipo, eu o fazia escutando tambores e trombetas na minha cabeça.

Quando eu consegui, contava, ele sorriu e disse que eu acabava de entender o que era o acaso.

Minha história com Sophie durou três semanas. Foi um fim indolor. Para ela, um capítulo de rodapé, namorico com um brasileiro *ping-pong master* no intercâmbio em Londres. Para mim também seria. Se meu pai não tivesse morrido na semana seguinte. Por ela, decidi que ainda não era hora de voltar e cancelei meus planos de retornar ao Brasil. Quando minha mãe telefonou falando que meu pai estava no hospital, eu já estava decidido a ficar em Londres mesmo sem Sophie.

Comprei a passagem para a noite seguinte. Mas nesse meio-tempo um novo telefonema: Seu pai faleceu. Venha para o enterro.

Eu fui.

Arrumei a mala, liguei para o trabalho avisando o que tinha acontecido e que iria para o Brasil. Deixei um recado para meus colegas de apartamento e fui embora. Desliguei o celular de Londres e deixei tudo pra trás.

Certamente volto. Não sei se para a Inglaterra, mas para um tipo de exílio voluntário, como num dos contos do primeiro livro do meu pai. Agora, de certa maneira, estou destinado a ser ele, responder por ele, sair de sua sombra para preenchê-la, mesmo que hoje o dia esteja nublado e as sombras sejam invisíveis. Penso muito sobre isso. Como ser sombra em dias sem sol. Acho que aprenderei.

Ainda no aeroporto comprei um caderno e comecei a escrever essa biografia pessoal da minha relação com ele. É minha homenagem ao homem que nunca entendi.

AUTOBIÓGRAFO
GRAFIA

6 DE JUNHO DE 2014*

Meu pai está vivo, mas é como se não. Ler a biografia de uma relação de pai e filho me fez pensar em como seria se eu escrevesse não a biografia de AR mas a do meu pai. Ou se meu pai escrevesse a minha. A nossa. O que entraria? Melhor: se eu precisasse escrever a minha própria biografia, como ela seria? Eu poderia fazer um exercício; talvez me ajude na hora de redigir e organizar a biografia de AR. Por enquanto, apenas coleta de material, mas e depois, como irei organizar isso tudo (tudo?)?

Penso no papel, me perco. A minha biografia: que interesse eu poderia ter para outros. Pouco. Nenhum. Quem eu sou: apenas um homem normal, carioca, doutor em Letras, especializado em AR, autor de sua biografia. Escrevi isso e depois fiquei pensando: esse livro será minha maior distinção aos olhos do mundo. Se um dia eu merecer uma biografia, será exatamente porque fui o biógrafo de AR. Uma biografia sobre um biógrafo: existe isso?

Escrevo pensando, me confundo.

---

* Achamos por bem deixar esse trecho no livro, apesar de, no todo, ele pensar mais sobre o próprio biógrafo e a relação com o seu pai. No entanto, Pereira também cruza a relação entre AR e seu filho e a sua própria para avaliar o caminho que trilhará na biografia. (N. do E.)

Acho que a pergunta da minha vida seria por que eu escolhi estudar a obra de AR e depois fiz sua biografia. Olhando para a minha trajetória, tentarão entender minha decisão, como eu tento responder A pergunta de AR – por que nunca mais escreveu/publicou? E qual seria a resposta da minha pergunta?

Claro que nunca pensei sobre isso, nunca precisei pensar sobre isso. Mas posso, vamos lá, fazer um exercício.

Não lembro quem me deu primeiro um livro de AR, acho que encontrei em algumas referências cruzadas em resenhas de jornal sobre outros livros de que gostei e fui atrás. Do segundo livro, do grande romance de AR. Foi um arrebatamento. Um deslumbre. Lembro bem como deslizei pelas páginas do livro até a metade, depois percebi que com aquela velocidade o romance iria acabar no mesmo dia, questão de horas, e deixei-o de lado. No dia seguinte, fiz um acordo comigo mesmo de que só leria um trecho para não gastar. Fiz isso, mas queria mais. Inventei um jogo: a cada dia leria o livro todo até o ponto em que tinha parado e mais um trecho. Assim consegui me agarrar ao romance por mais duas semanas. Assim fui decorando trechos de tanto lê-los por dias seguidos. Estava louco por AR. Comprei os dois outros livros. Comecei pelo de contos e, novamente, apliquei o jogo. Apenas um inédito por dia. No dia seguinte, dois contos, um mais um, e daí em diante. Com o segundo romance fiz a mesma coisa. Na faculdade eu já imaginava meu mestrado sobre AR. Não precisava de tema, queria falar de tudo. Não passei. No ano seguinte, orientado, sim. Restringi

AR ao tema da cidade. Mas nunca mais foi a mesma coisa. Segmentar AR não me deu o barato das primeiras leituras e releituras. Esmiuçar a obra de alguém por um prisma corrompe o todo. Que meus colegas de academia não me escutem.

 Fui reler o que escrevi até agora e vi que falei mais de Antônio do que de mim. Comecei escrevendo sobre meu pai e o deixei de lado. Meu pai está vivo, mas é como se não. Ele não fez uma fuga imóvel, mas lateral. Depois que meus pais se separaram, quando eu tinha 15 anos, achei que seria quase a mesma coisa. Antes, meu pai sempre no trabalho, o dentista exemplar. Depois, meu pai em outro lugar. Mas ali perto, não uma sombra, como o filho de AR coloca, mas uma presença. Em fins de semana alternados e quartas de futebol, mas uma presença. Até que ele se casou novamente. E teve outra família. Dois filhos. Meios-irmãos. Eu nunca quis um irmão. Nem uma irmã. Agora, de um jeito torto, tenho os dois. Mas eu tenho 30 anos, eles 5 e 3. Poderiam ser meus filhos. Meu pai mora a dois bairros de distância, uns quinze minutos de carro, com trânsito. Mas a distância entre nós não é mais medida em quilômetros, mas datas: dois aniversários por ano, o meu e o dele. No dos meninos eu nunca vou, uma desculpa estratégica em cada bolso.

10 DE JUNHO DE 2014

Tem um livro do Michel Laub em que dois irmãos vão a um jogo de futebol e conversam sobre os pais que estão se separando. Novamente, com o meu pai nunca foi a ausência, mas a presença. As quartas-feiras de futebol, o domingo de futebol, no sofá, apenas, não no estádio. Eu nunca gostei muito de esporte. Meu pai, sim, fanático pelo Fluminense, sócio, mesmo morando no outro lado da cidade. Só vai ao clube para votar.

Quando meus pais se separaram, eu já era um adolescente, então rapidamente a necessidade destes encontros com dia marcado perdeu o sentido. Ou não tinham desde o começo. Ficou combinado que eu iria para a nova casa do meu pai, um quarto e sala mínimo num bairro bom, às quartas à noite, depois do colégio, e aos domingos – o dia inteiro.

As quartas eram sempre de pizza, portuguesa a minha metade, com uma latinha de coca, marguerita a metade dele, com guaraná. Foi assim que eu aprendi o que é rotina num relacionamento. Nós tínhamos uma rotina, pai e filho, o que antes, com a casa cheia – mãe, empregada, diarista – seria impensável. Eu tinha um videogame antigo lá, mas nunca jogava. Sempre levava um livro, às vezes lia. Ler sempre foi minha defesa, não apenas prazer. Meu pai é daqueles que chega em casa do trabalho e começa a assistir à sequência de jornais: local, depois Band, depois *Jornal Nacional*, comentando cada notícia, se revoltando e esquecendo de dois em dois minutos. À novela ele não assistia, mas deixava a TV ligada. Era a hora em que a pizza chegava, e entre nossos silêncios precisávamos de vozes ao fundo, ou assuntos tolos para nos agarrarmos em interjeições. Mas em geral era apenas meu pai que falava durante o jantar. Ele lançava um assunto das notícias do dia e o esgotava em uma frase lenta, longa, de uns três minutos. Um quase eterno mastigar e falar, palavra por palavra. O assunto era então terminado, engolido, digerido. E do garfo para a boca, outro assunto, o mesmo, diferente, mas igual, ele falava e eu calava. Plateia. Foi minha mãe, numa vida anterior, que teorizou: você é dentista até em casa, só não usa os instrumentos. Força conversas breves e esgotáveis, depois não tem mais nada do que falar. Nós somos seus pacientes, de boca aberta, tentando murmurar alguma coisa, sem sucesso. Até a minha mãe conseguir falar isso para ele demorou anos. Eu, nunca. Ainda. Quando o assunto dele termina, inconclusivo, restamos os dois sentados no mesmo lugar da mesa, os copos suando refrigerante e marcando a pele de madeira *ad eternum*. Na casa da minha mãe, que também havia sido a dele, a nossa, sempre aparecia um descanso. Depois meu pai tirava a mesa e lavávamos a louça juntos, coisa rápida, um passava a esponja com detergente, outro enxaguava (no caso ele sempre ensaboando, eu lavando). Ele fazia isso com a mãe quando criança e achava importante que eu ajudasse. "Mal não faz", dizia. Novamente, as frases repetidas, as ações automáticas, rotina. Em sequência víamos o jogo. Eu era Fluminense que nem ele, assertia para os amigos. Eu deixava que a afirmação pairasse no ar, mas não era verdade. Eu não sou nada. A TV ligada, os dois no sofá, assentos marcados. Eu logo pegava um livro (da escola ou não) e ficava lendo. Percebia que ele não gostava, mas não ousava pedir para que eu, de fato, assistisse ao jogo com ele. Para não criar caso geralmente eu dizia que estava estudando, que precisava ler aquele livro para uma prova. Eu estava tão acostumado a falar isso, que, certa vez, lendo um Harry Potter, repeti a desculpa. Ele olhou a capa, olhou novamente, mas não perguntou nada.

Com a desculpa do apartamento pequeno, só uma cama e o sofá da sala, eu voltava para a casa da minha mãe depois do jogo, geralmente de carona, meu pai de repente lembrando-se de sua função e perguntando da escola, de namoradas. Sobre minha mãe, não.

11 DE JUNHO DE 2014

Muitos filhos de pais separados ficam pensando se foram o motivo de discórdia ou a causa da separação. Eu, nunca. Se em algum momento pensei em algo, foi como eles ainda estavam juntos. As brigas, o enfado, as picuinhas. A separação, no final, foi um alívio para os dois. Para os três. Minha mãe depois que eles não estavam mais juntos ficou mais terna com o meu pai, o que era irritante. Eu estava numa fase de me libertar, antagonizar meu pai, queria a todo custo evitar que me transformasse nele, tinha essa consciência de que era possível, mesmo tão diferentes, temos modelos, e eu não gostaria de ser ele, terminar como ele. Quando eu reclamava de algo, me queixava de sua passividade, do seu bom-mocismo, ela pedia para eu ter paciência. Mas não passava disso. Eu percebia que ela não sentia falta dele. Se ela ainda demorou um par de anos para ter um novo namorado, depois marido, não foi porque precisava de espaço para esquecer. Mas para lembrar que podia.

Do lado dele, demorou um pouco mais, quase uma década, até que eu fosse apresentado não a uma namorada, mas uma mulher, mais nova, mas não escandalosamente mais nova, que já estava grávida, inclusive. Eu já não tinha o ritual de quarta e domingo, mas ainda via aquele apartamento como uma possibilidade de fuga. Com ela lá, depois eles, ela e o bebê, depois dois bebês, em sequência, eu de certa forma perdi meu espaço até dentro de casa, da família. O namorado-marido de minha mãe tinha mudado para a nossa casa, mas já não mais a nossa casa, outro apartamento, a presença do meu pai, e até mesmo a minha, o meu eu criança, apagadas. Eu fui embora para um apartamento alugado de uma namorada não porque queria representar uma vida de casal, que, claro, eu não sabia como era, mas para tentar achar meu espaço no mundo.

Obviamente não deu certo. Eu lavava a louça, ajudava nas compras, era cortês, mas não amava, e isso não era suficiente, principalmente para ela, e fui mandado embora. Sem ter para onde ir.

Mas estava falando do meu pai. Liguei para ele mais cedo, sem motivo, semanas depois do último contato. Disse "oi" e ele respondeu "olá". Ficamos em silêncio por alguns segundos. Eu não sabia o que falar, nem ele. No desespero, disse que a ligação estava picotando. Fingi que estava no metrô e depois ligaria. Não ligaria. No desespero, ele gritou se eu queria ver a abertura da Copa com ele e com os meninos. No desespero, respondi que sim.

15 DE JUNHO DE 2014

De certa forma, escrever essa biografia, me enfronhar numa vida que não a minha, responde minha necessidade de tentar entender como os outros vivem, de que maneira é possível viver. Eu leio sobre essa relação pai e filho e penso na minha, surpreendentemente nem tão diferente assim. AR e o filho sempre distantes, mas próximos. Eu e meu pai, sempre próximos, mas distantes. A diferença é que um de nós quatro é um gênio. Um de nós quatro pode ter matado outra pessoa. E ambos são a mesma pessoa.

15 DE JUNHO DE 2014

O que meu pai me ensinou, uma lista afetiva (à maneira de Gabriel Rascal).

- A chorar com a porta fechada. Eu não posso ter certeza, porque, como disse, a porta sempre esteve fechada, mas desconfio. Meu pai não se permitia passar nenhuma emoção extrema, a não ser vendo os jogos do Fluminense. Meu pai nunca disse que estava triste; meu pai nunca disse: que dia feliz! Mas algumas vezes a porta do banheiro era trancada e ele demorava um pouco mais a sair de lá, e no fundo dos olhos a vermelhidão inegável, e se eu colasse o ouvido na porta, como fiz uma vez, no que fui pego pela minha mãe, que não fez nada, ouvi um resquício de choro arranhando a garganta dele. E quando ele saía desse banheiro e voltava ao mundo, não dizia nada. Nem nós. Eu nunca perguntei por que ele fazia isso, por que chorar era algo que deveria ser escondido, essa fraqueza não deveria ser mostrada, mas faço a mesma coisa. Com uma diferença: eu nunca choro. Ou seja, levei um ensinamento dele para um passo além.

- A desenhar formas geométricas no papel. Eu sempre preciso de um papel na minha frente quando estou pensando, falando ao telefone ou esperando alguém. Meu desenho, como o do meu pai, sempre começa das bordas, com triângulos, geralmente à caneta preta de tinta, os limites pintados com esmero, sem borrar. Depois dos triângulos, círculos, quadrados, trapézios, subindo pela diagonal, se arrastando pelos cantos. Uma namorada, outra, uma vez disse, no meio de uma briga (ela disse briga, para mim era apenas uma explosão de raiva da parte dela), que eu me interessava mais por essas formas idiotas do que por ela. Minha mãe uma vez também disse isso para o meu pai. Gelei.

- A ter aversão a fotos. Meu pai evitava aparecer em fotografias e nunca olhava álbuns depois. Não sei em que momento eu passei a emular o comportamento dele, mas quando possível eu sempre dava um passo para fora do quadro. Ou me propunha a ser o fotógrafo, atitude mais amigável, menos estranha, que desenvolvi com os anos. Eu nunca perguntei para o meu pai por que diabos ele não gostava de aparecer em fotografias. Mas eu sei por que não gosto, percebo agora. Simplesmente para imitar meu pai.

16 DE JUNHO DE 2014

Ao comparar as duas listas, a minha e a do filho de AR (que pretensão!), percebo que elas no fundo são iguais, mesmo diferentes. Com elas, ou melhor, por elas, nada de muito produtivo soube de Antônio. Não pensei muito ao aceitar escrever a biografia, mas certamente não imaginei que seria tão difícil.

Patino.

Parece que não tenho base para me apoiar. Eu consigo entender AR na mesma medida em que consigo entender meu pai. Ou seja, nunca nem perto da totalidade. Como montar um quebra-cabeça, em forma de biografia, que se proponha a ser uma verdade? Quem era AR, afinal? Ou o que fez AR parar de escrever? Ou, passo atrás, quem ele foi antes, o que o possibilitou ser um escritor tão fabuloso? Sim, agora percebo. Tento encontrar a resposta final, o que o levou a parar de escrever/publicar, mas não tenho ideia de como ele chegou lá. Talvez a pergunta essencial não seja A pergunta de por que ele parou de escrever, mas como conseguiu escrever sua obra. Nada do que sei de Antônio Rascal até agora, via entrevistas, resenhas ou o diário do filho me explica minimamente como AR virou escritor. E escritor é algo que se vira?

Penso em desistir.

24 DE JUNHO DE 2014

Tive uma iluminação que me deixou ainda mais no escuro do que antes. Fazer uma biografia não é responder uma pergunta, mesmo "A pergunta". É contar uma vida. Isso soa óbvio, mas não para mim, que virei biógrafo sem ser, no escuro. Parece que aprendo a pensar como tal no mesmo ritmo em que pesquiso a vida de AR. Claro que o leitor gostará de saber (ter uma hipótese ao menos) por que Antônio nunca mais lançou, mas mesmo em ter escrito algo que veio a público, ele continuou sendo um grande escritor pelo que tinha feito.

A biografia para de pé apenas pela obra de AR ou é necessária a ruptura, o desaparecer em vida? Um leitor comum que se encantou com a obra de Antônio vai querer ler o livro ou somente ele sendo aquele autor, outro, que sumiu e nunca mais publicou?

Não sei responder essa pergunta, mas até o momento minha pesquisa teve o foco apenas no que aconteceu para que ele não mais publicasse, não muito em quem era Antônio para escrever os livros que escreveu. E aqui, talvez, está meu erro. A vida de uma pessoa é isso tudo, os grandes e pequenos eventos, as predileções declaradas ou secretas, não apenas o que se passou naquela noite numa estrada escura, se é que esse dia de fato existiu, mas as caminhadas ao sebo para vender os livros recebidos, ignorando dedicatórias rasgadas, o folião discreto, o silêncio dentro de casa, a confiança na agente literária, as idas ao Jockey Club. Eu busco respostas, mas o que é a vida se não uma série de escolhas, de pequenos eventos, uma sucessão caótica de afazeres que vão se sobrepondo e não dão em nada? Claro que esse não dar em nada é metafórico. Ele age e interfere na pessoa. Antônio pode ter decidido nunca mais publicar/escrever por causa do que aconteceu numa noite antes de o filho nascer, mas, da mesma maneira, algo poderia ter acontecido que o tivesse feito reavaliar a decisão. E se não aconteceu, isso também é vida, é resiliência. Como de repente sair de um pedestal onde você é considerado um dos melhores naquilo que batalhou tanto para ser para depois, por escolha própria, abrir mão disso tudo. Pelo que sei até agora, AR aceitou espartanamente viver como mortal, um qualquer, e até um qualquer, qualquer mesmo, se arrastando por festas em silêncio e distância, deixado sozinho ao final de um copo de champanhe. Isso, também isso, me diz muito sobre AR. Essa pessoa também me interessa. Mas vai interessar a todos?

28 DE JUNHO DE 2014

GR fala de sombra. Eu não estou embaixo de sombra nenhuma, pelo contrário. Quero é me distanciar desse mundo que sempre me cercou. Minha mãe sempre repetia que eu era especial, mas o mundo à minha volta não concordava. Nunca me distingui em nada. Um aluno comum, uma inteligência comum, uma beleza comum, tudo sem mistério, plano, você tem o que você vê. Essa média viscosa, baixa, rasteira, me impedindo um voo. Queria ser especial, diferente, mas não era, nem para mais, nem para menos. Eu mirava ser mais, mas era impossível. Então eu comecei a procurar os de menos, os excluídos, os feios, os tortos, os *gauches*, os que decidem dizer não como Bartleby, como Rascal, para com eles chafurdar numa lama que pudesse me revelar uma forma de transcender. No entanto, eles mesmos, os enjeitados, não me pareciam ter a força, o talento, a disciplina, para achar sua potência e alcançar o brilho.

O filho de AR é, de certa forma, meu espelho. Um comum. Que se abaixa em empregos e subempregos, em distâncias forçadas, em tentativas de reinventar a si mesmo, mas no fim permanece no mesmo lugar. O dele, na sombra. O meu, na média.

AR fez uma fuga imóvel, meu pai, uma lateral. Eu não saio do lugar.

2 DE JULHO DE 2014

Num ato de desespero, resolvi procurar uma amiga que trabalha no jornal. Fingi que era para manter contato, mas no fim do e-mail soltei a informação de que estava escrevendo a biografia de AR. Ela deu *reply* em menos de cinco minutos, me pedindo o número de celular, e quando respondi ela ligou enquanto meu computador lento ainda carregava novamente a página de entrada. Ela queria fazer uma matéria sobre o assunto, o que neguei, citando confidencialidade. No fim, me convenceu a ao menos prometer a pauta com exclusividade a ela e soltar uma notinha sobre o assunto, escondendo meu nome. A ideia tinha sido minha, mas deixei que ela pensasse ser dela. Por que não criamos um e-mail, ela disse, para as pessoas mandarem histórias sobre AR? Eu aceitei e criei o e-mail biografiaAR@gmail.com. Não sabia muito bem o que estava querendo com aquilo. Realmente achava que pululariam histórias secretas sobre AR? Ou era um pedido de ajuda, desesperado?

4 DE JULHO DE 2014

A nota saiu na coluna de comportamento do jornalão, dois dias depois. Sem citar meu nome, falava da biografia autorizada do autor eremita, como AR era conhecido por quem não sabia nada de literatura e tentava o depreciar. Informava o e-mail criado e pedia histórias para colegas e leitores, prometendo dar crédito. Passei a manhã colado ao computador aguardando novidades, mas nada. Perto do meio-dia, antes do jogo do Brasil contra a Colômbia, minha mãe ligou. Essa não era a biografia que eu estava escrevendo? Sim, respondi, e ela soltou um gritinho agudo. Feliz. Contente. Exultante. "Que sucesso!", disse. Eu joguei para baixo, falei que não era sucesso algum, na verdade a confissão de um fracasso, apenas uma tentativa desesperada de me desvencilhar do empacamento em que me encontrava. Ela sim me jogou para baixo: "Deixa de ser baixo-astral, menino. Curta o seu momento de sucesso!" Depois de desligar, fiquei esperando que meu pai fosse o próximo a ligar. Mas isso não aconteceu. Nem ao menos para ver o jogo do Brasil com ele.

Cheguei novamente o e-mail recém-criado e nada. Nenhuma história, nenhum spam. Alternei para o meu endereço pessoal. Gelei. Um e-mail da agente literária. Era breve. "Você deveria ter nos consultado", dizia. Imperativa, mas sem ponto de exclamação. Em seguida, perguntava se fora eu mesmo quem passara a nota. Respondi que sim, num longo e-mail explicando o porquê de ter aceitado aquilo. No entanto, sabia que era mentira. A nota não era para angariar novas histórias, mas atenção. Atenção a mim mesmo. Mas meu recato havia impedido de divulgar o nome do biógrafo, então, no fundo, era quase um pedido de atenção sem palavras, apenas os olhos salivando lágrimas para as pessoas mais próximas: meus pais, a agente, a mulher de AR e seu filho.

Passei o dia em casa, meu dia de maior sucesso – minha mãe voltou a ligar, tinha avisado a família inteira, as amigas, a tia Vivi recortou o jornal e vai enviar para o primo Bibi nos EUA. "E o Neymar, coitado", ela disse, mudando de assunto, meus 15 minutos de fama encerrados mais rápido que o chororô do Thiago Silva. "Tomara que não seja sério. Imagina se ele não joga mais a Copa?" Fui até um pouco grosso ao dizer que não ligava para futebol. Desligamos com o silêncio se alastrando em ondas infinitas de distância.

O e-mail recém-criado permanecia escandalosamente vazio até que, perto das 21h, ele atualizou com uma mensagem nova. A remetente, a mulher de AR. Não era trote ou pegadinha, era o mesmo e-mail que a agente tinha me fornecido inicialmente. O assunto dizia: segue material prometido. O corpo do e-mail estava em branco, mas o anexo, não.

MAS, NÃO

Penélope me puxou para um canto do corredor, que àquela hora, no intervalo entre uma aula e outra, estava cheio. Eu não sabia o que ela me diria. Não tinha medo. Notei que alguma coisa estava errada não porque as palavras que ela disse tenham feito algum sentido, mas porque Penélope olhava por sobre o meu ombro. Com 16 anos, eu já sabia que meninas sabem olhar nos olhos dos meninos; o inverso, impossível.

Por um segundo, deixei de lado o que ela falava e olhei para trás, para entender o que estava acontecendo ali. Duas amigas paradas, a distância, se certificando de que ela ia me dizer aquilo que já tinha dito, mas que eu não tinha ouvido.

– Desculpa, não entendi – disse.

– Acho melhor a gente terminar.

Desta vez eu tinha entendido, mas a frase continuava sem sentido. No dia anterior, um final de tarde que esticou até o início da noite, eu tinha ficado no quarto dela para uma longa sessão de beijos. Fui embora minutos antes de o pai dela – que não sabia da gente nem me aceitaria naquele quarto – chegar. No intervalo de horas, alguma coisa tinha se quebrado, para ela.

Não que eu tenha me surpreendido. De certa forma, nossa relação era desigual desde o início, eu apaixonado, louco, ridículo. Ela, às vezes plácida, noutras indecisa, raramente feliz. Beijava porque esse era o esperado. Que me amava ela nunca tinha dito. Eu, sim. Antes de qualquer beijo. Eu me declarara. Numa carta. Eu te amo.

Penélope tinha me dito que a gente deveria terminar, e de certo modo eu esperava. Mas logo naquele dia, assim, num corredor, entre a segunda e a terceira aula? E, pior: no dia anterior, antes de ir para a casa dela, eu tinha tomado um café quente e queimado a língua. Eu não tinha aproveitado nada, as papilas inutilizadas temporariamente. Eu simulara sentir que a beijava, mas não sentia porra nenhuma. Contei isso para ela, não com a expectativa de retorno, apenas desespero, mas ela já tinha ido embora e as palavras pairaram estéreis e patéticas no ar.

Nosso namoro, se assim ele pode ser chamado, era apenas da porta da escola para fora. Dentro, éramos amigos. Os amigos mesmo, pelo menos os de nosso círculo, ou seja, todos que interessavam, sabiam. O que fazia da decisão dela – na escola, não! – esdrúxula. Mas eu aceitava. Eu aceitava qualquer coisa, ciente de que em algum momento a perderia. Eu a amava, muito, desesperadamente; ela, não. Eu sabia disso, mas aceitava. E não doía. Ou doía, mas fingia desculpas para a falta de carinho. Eu simulava discursos de amor piegas: eu tinha chegado lá primeiro.

Argh!

Restavam as tardes e os fins de semana. Mas nosso reino eram mesmo as tardes. Eu tinha inglês segunda e quarta, às 14:30, o tempo de almoçar e ir. Depois, ia para a casa dela. Raramente a casa dela de fato. Encontrávamo-nos na esquina e cumpríamos um roteiro de afazeres dela. Tinha que ir à papelaria, à farmácia, às Lojas Americanas. Algumas vezes íamos ao banco, para ela pagar uma conta para o pai. Eu achava aquilo o máximo, e mais uma prova de que era uma sorte tremenda ter aquela menina como namorada. Meu pai nunca me daria uma conta para pagar. Ele mal me dava dinheiro, quanto mais uma conta para pagar no banco. Ela entrava na fila, fazia toda a operação com naturalidade, trocava um sorriso com o funcionário, guardava o boleto no bolso do short e ordenava: – Vamos. Eu tinha que interpretar o que era aquele vamos, dar ideias. Eu falava para a gente ir namorar num parque que tinha perto da casa dela. Ela dizia: – Tudo bem. E íamos. Nenhuma emoção. Outras vezes falava para irmos para a minha casa ou na dela, como da última vez. Às vezes colava, noutras, não. – Hoje, não, e ia para casa. E esse ir ao banco por quinze minutos era nossa cota diária de namoro.

Às terças e quintas, ela que tinha inglês. Às quatro. Eu ia para a esquina da rua dela e esperava. A rua era comprida, comprida, e eu a via lá de longe, e acenava. Ela devolvia o aceno e sorria. E por essa migalha eu ficava numa felicidade incontrolável. Minha vontade era correr para abraçá-la. Claro que desde que ela fizesse o sentido inverso e nos encontrássemos num beijo-abraço pornográfico. Nunca aconteceu. Eu caminhava até ela, que me dava um selinho e um sorriso. Juntávamos as mãos e andávamos. Novamente, era minha parte no namoro puxar os assuntos. E eu chegava com os assuntos prontos. Tinha uma tática. Primeiro perguntava sobre coisas relacionadas à escola, depois falava da aula de inglês. Quando estávamos chegando, o trajeto não mais que dez minutos, eu perguntava se ela queria que eu a esperasse para voltar. Ela sempre dizia que não.

Uma vez ela disse que sim. E eu esperei na porta do curso, andando de um lado para o outro, me atrapalhando em poses que soassem um estar à vontade, mas eu não estava, minhas mãos e braços grandes demais, entra no bolso, sai do bolso, ajeita o cabelo, olha a hora. Era um dia sim, importante.

Ela saiu sozinha, segurando sua pasta, com os livros do inglês dentro. Eu tinha escrito uma cartinha para ela – tinha essa mania, dar cartinhas. Já estava meio velho para isso, tinha conquistado a menina (ou não). Mas gostava da *mise-en-scène*.

– Trouxe uma carta – disse –, lê depois.

Ela guardou a carta na pasta, sem emoção.

Um grupo de três meninos e duas meninas passou por ela e disse tchau, até quinta. Um dos meninos era mais velho, mais bonito.

Morri de inveja.

Ela não percebeu. Ou fez que não percebeu.

Ofereci minha mão para andarmos. Ela hesitou. Mas terminou aceitando. Eu tinha meus assuntos programados, mas fiquei calado. Ela também. E assim caminhamos pelos dez minutos seguintes. Na esquina, Penélope soltou minha mão e me deu um beijo. Um bom beijo.

– Tchau.

– Até amanhã.

Ela virou-se e foi andando tranquilamente, sem olhar para trás. Eu fiquei esperando até ela sumir lá longe na rua, pequena, pequenininha, nublada, que ela virasse para trás e oferecesse um sorriso redentor.

Mas, não.

No dia seguinte, eu perguntei o que ela tinha achado da carta.

Ela fez uma cara de envergonhada e disse que tinha esquecido completamente. Não tirara a cartinha da pasta do inglês.

Dava para perceber que ela estava de fato envergonhada. Era raro enxergar uma emoção tão clara nela.

Na carta, eu dizia que ela era perfeita e que eu a amava muito.

Ela não era perfeita. Mas eu a amava muito.

Antes da cartinha inaugural, aquela em que me declarei, todos juravam que eu estaria interessado numa outra menina – mais interessante, tão bonita quanto. Não estava. Eu entreguei a cartinha com o tradicional pedido de lê depois. Na saída da escola. Éramos amigos, mas entregar aquela carta foi estranho. O pior: no mesmo dia ela me entregou uma cartinha. Foi como se tivéssemos combinado, o amor perfeito.

Eu decidi que não leria antes de chegar em casa, era bobo a esse ponto. Peguei o ônibus, como em todos os dias, sentei perto da janela, como em todos os dias, desci no mesmo ponto e cheguei em casa. Mas não era como todos os dias, minhas pernas tremiam, a cartinha dela queimando no meu bolso.

– Alguém me ligou? – perguntei para a empregada.

– Sim – ela respondeu, mas disse o nome da outra, a de quem eu deveria gostar.

Eu não compreendi o que aquilo deveria dizer. Apenas uma coincidência, certamente. Eu abri a carta. Meu coração batia acelerado. Eu pulava as linhas, lendo sem entender, procurando a redenção do te amo no final.

Mas, não.

O final dizia que ela gostava muito de mim, que era seu melhor amigo, e o "o" final vinha sublinhado. A melhor amiga era aquela que ligara antes e ligara de novo agora.

– Telefone.

Eu mandei dizer que estava no banho e ligaria mais tarde. Não liguei.

Então a coisa era assim. Eu me declarara, ela declarara que eu era seu melhor amigo.

~

No dia seguinte eu fui procurá-la.
— Você tem certeza?
— Claro. Eu te amo — e ao dizer isso me espantou minha própria coragem, dizer um eu te amo assim a sangue-frio sem a certeza da reciprocidade.
— Mas e a Patrícia? — ela perguntou.
— O que tem ela?
— Achávamos que você também gostava dela — o plural, percebi, também, percebi.
— Também?
— Esquece que eu disse isso.
— Eu quero conversar contigo a sós, em outro lugar.
— Tudo bem. Depois da aula então.

~

Eu não sabia o que dizer, como começar a conversa. Estávamos parados frente a frente, mas a escola passava toda ao nosso lado. A tal da Patrícia, inclusive, fazendo cara de espanto.
— Aqui não, ela disse.
Eu concordei. Ali, não. Pegamos o ônibus fingindo que nada estava acontecendo, eu fingia, pelo menos. Ela parecia distante. Eu nunca entendi como a cabeça dela funcionava.

Já passáramos do nosso ponto, mas não descemos. Fiquei olhando para ela.

– Ainda não, ela disse, sem virar o pescoço.

Eu me sentia cada vez menor. Coloquei minha mão na dela, por cima, entrelaçando os dedos. Ela aceitou, sorriu, mas não virou o rosto. Ficamos assim por um tempo, até que ela soltou a mão, levantou e disse:

– Vamos?

– Vamos – eu disse, mas não tinha ideia de para onde iríamos.

Saímos do ônibus, ela na frente. Penélope parou na calçada e esticou a mão, a deixa para que eu entrelaçasse seus dedos novamente. Era bom. Por mim não precisaríamos de conversa alguma, só andar de mãos dadas arrastando os postes, os pedestres, os carros, os prédios, sem nunca separá-las, um mesmo corpo.

Ela me puxou para um boteco com mesas de sinuca.

– Pede uma mesa, ela disse, e largou minha mão. Foi a primeira vez que me senti abandonado na vida, uma sensação física de desamparo.

Eu pedi e dei o dinheiro para pagar adiantado. O atendente do bar disse para eu acertar no final. Perguntou se eu queria uma cerveja. Eu não tinha a mínima ideia de como me portar, nem com ela nem com o lugar, totalmente deslocado. Aceitei a cerveja, embora nunca bebesse de dia naquela época. E fui embora. Mas o atendente disse que pela bebida eu tinha que pagar adiantado.

Ainda não tínhamos conversado nada. Eu não sabia se falaríamos algo ou não. Aqui, não, pensei. E comecei a arrumar a mesa, elaborando um jeito de enlaçar as mãos novamente, jogar de mãos dadas. Ela disse: – Cerveja? Boa ideia. Eu enchi os dois copos. Ela deu um gole, eu dei uma bicada. Amarga, mas segurei a careta.

– Eu começo – ela disse, e deu uma boa tacada, fez a bola vermelha se esconder atrás da preta, sinuca. Sorriu. Vi que os dentes dela não eram perfeitos, tanto amor e só agora eu via isso, um levemente trepado no outro. Me posicionei para dar a tacada, fiz as contas usando leis da física e da matemática, mas parecia ser uma jogada impossível.

– Fala uma coisa interessante – ela disse. Como quem dá bom-dia. Copo de cerveja na mão. Então eu e ela, nós dois, mas ainda não nós dois, numa mesa de sinuca, o primeiro amor, pelo menos para mim, eu tinha me declarado e ela até agora só tinha me dito "tem certeza?", "aqui, não", "ainda não", e "Cerveja? Boa ideia", o auge, a conversa pairando no ar, A conversa, e então ela diz "fala uma coisa interessante", e o que eu poderia falar?

Eu pensei em não falar nada, me abaixei para dar a tacada, quando me lembrei de uma coisa que um amigo tinha me dito.

– O nome sinuca me parece bem escroto, não acha?

Ela levantou as sobrancelhas, as duas, numa reação tipo e daí, eu disse para falar uma coisa interessante e você diz isso.

Mas eu continuei:

— Para mim o jogo deveria se chamar eclipse. Vem cá ver. A bola vermelha está escondida atrás da preta. Isso é um eclipse!

Ela demorou uns três segundos para reagir, e depois gargalhou, mas gargalhou mesmo, de se dobrar, derramando boa parte da cerveja no chão, um sorrisão de dentes inteiros, os dentes trepados dela. Eu sorri, achando que tinha ganhado a garota. Quando ela conseguiu recobrar a respiração, pegou o taco, fincou no chão batendo forte uma, duas, três, quatro vezes, jogou o cabelo para trás e disse:

— Essa foi a coisa mais idiota que eu já ouvi.

Só que aí, milagre, ela deu três passos e me beijou.

Eclipse virou uma brincadeira nossa, um código do casal. Quando eu queria um beijo na escola, o que era proibido, eu dizia para a gente dar um eclipse atrás de um carro ou pilastra. Ela usava para avisar quando Patrícia estava chegando. Sempre falando a palavra duas vezes, acelerada: Eclipse, eclipse. Era meio triste, para mim, pelo menos. Patrícia vinha e era toda melhor amiga dela. Eu, então, era o ser eclipsado.

Patrícia foi a última a saber. Já sabia, intuía, mas preferia não acreditar. Eu mesmo fiz questão de falar, o que me custou uma semana sem tardes com Penélope. Eu precisava dar esse passo, arriscar a queda. Sabia que ela ficaria chateada comigo, e Patrícia, arrasada, mas pensava que, com o tempo, a escola seria um território nosso e assim ela finalmente se abriria um pouco mais. O que se sabe com 16 anos? O que um adolescente de 16 anos sabe? Foi um passo em falso, uma queda em câmera lenta, definitiva. Eu caí porque a outra quis, exigiu. No papel, claro; na realidade Penélope nunca me amou e terminar foi tão fácil como começar.

~

O colégio acabou, mas eu ainda estava preso a ele. Inventava motivos para andar pela vizinhança da rua dela sonhando encontrá-la. Ou tentava marcar reuniões de turma – para não perder contato, gente! –, mas quase todo mundo queria mais era perder contato no primeiro ano da faculdade. Os aniversários eram o último refúgio. Só que vê-la uma vez por mês era pouco. Pior foi quando ela começou a não ir mais às festas, não apareceu, não apareceu, não apareceu. Eu comecei a escutar as notícias dela por outras pessoas, Patrícia inclusive, Patrícia que nessa altura já não se interessava por mim e namorava um advogado recém-formado. Penélope não estava gostando da faculdade e iria fazer vestibular de novo. Depois, Penélope está gostando, sim, da faculdade. E então, Penélope está namorando um garoto da faculdade. E por fim: Penélope vem hoje à festa com o namorado.

~

Eu já tinha 18, então, mas ainda era ela. Estava de costas, pedindo um gim-tônica no bar. As mãos dela, as duas, cobriram meus olhos. Sabia, claro, eu conhecia aquele calor, a suavidade de sua mão, o cheiro. Mas entrei no jogo.

– Quem é?

Silêncio.

– Quem é?

– Eclipse, eclipse.

Eu tirei as mãos dela do meu rosto, e virei com um sorriso armado. Ela sorria, os dentes trepados respirando de volta. A iniciativa do abraço foi minha, acho. Recíproco, mas rápido. Em segundos ela afrouxou o corpo e saiu.

– Que saudade! – ela disse. E essa frase possivelmente foi a maior declaração que Penélope me fez. Mas a seguinte:

– Esse aqui é o meu namorado.

– Oi – ele disse e apertou a minha mão sem força excessiva, sem nenhuma tentativa de me encurralar. Eu não era adversário, apenas um amigo de escola da namorada. Eu tentei falar oi, mas não consegui. Como estava barulho, passou batido.

Ela então enlaçou outro amigo com as mãos, as duas, a mesma *mise-en-scène*, mas ele logo adivinhou que era ela. Sorrisos, o abraço.

Eu não consegui ouvir o que veio a seguir, mas desconfio que ela disse: Que saudade!

Depois disso, passaram-se anos sem vê-la, mas eu fantasiava esse reencontro quase todos os dias. No meu mundo paralelo, ela sempre estava arrasada, destroçada, o rímel borrado numa falta de simetria digna de tragédia grega quando batia na minha porta buscando consolo. Eu nem morava mais no mesmo lugar, então a cena era impossível, mas quem se importa? Eu sonhava com um mundo que não existia mais.

Até que, tempos depois, eu a vi passar. Ter passado, pela falta dos óculos. E não fiz nada. Em algum momento do passado devo ter cometido um erro para que agora ela passe por mim como se eu não. Como se ela não. Eu a vi. Depois, mas ao alcance da voz. Ela me viu. Presumo. Mas não quis. A distância não se mede em espaço físico. Ou amor. A distância é um encontro que não se realiza por falta de vontade.

BIÓGRAFO 3
CAINDO

6 DE MAIO DE 2014*

Entrevista com Zélio Moura:

Quando recebeu o segundo livro de Rascal, qual foi sua primeira impressão?

Isso foi três anos depois, se não me engano. A editora já crescera um pouco, eu tinha um preparador de texto. O livro chegou pelo correio e passei para ele dar uma olhada. Eu gostara bastante do livro de contos, mas essa migração às vezes não dá certo. Enfim, o que aconteceu foi que um mês depois Rascal me ligou cobrando uma resposta e eu disse que o livro estava sendo lido. Na verdade, eu havia me esquecido de que não tinha retornado em momento algum. Vi que ele ficou decepcionado, então garanti que o livro sai-

---

* É preciso fazer um esclarecimento. Conforme a data explicita acima, essa é a mesma entrevista com Zélio Moura apresentada em trecho anterior. Esse fato foi confirmado em checagem. Pereira e Moura só se encontraram uma vez em 6 de maio, o que torna interessante que essa entrada nos arquivos de Pereira esteja aqui. Isso sugere que, de certa forma, o biógrafo já ensaiara a edição do material. Ele colocou esse trecho no documento "Caindo" e não em "A pergunta" como a entrevista original. Achamos por bem manter a ordem estabelecida pelo autor. (N. do E.)

ria, que mandaria o contrato. Desliguei e fui perguntar para esse preparador de texto.

Quem era?

Acho que não importa falar seu nome agora.*

Prefiro que diga para eu poder entrevistá-lo adiante.

Deixa-me terminar a história e você vai entender. Fui lá perguntar do livro dele, se já estava em produção. O rapaz disse que lera o início do livro e achara muito ruim. Palavras dele, que fique registrado? Que achara muito ruim, então deixara de lado pois o romance não estava no cronograma. Eu fiquei possesso. Aquela decisão não era dele. Eu que contratava os livros e havia dito para ele trabalhar no romance. Quando voltei para a minha sala, com o livro na mão, pensei que deveria ter mandado ele embora. Mas depois me acalmei e entendi que o erro havia sido meu. Levei o livro para casa e comecei a ler depois do jantar. Não dormi naquela noite. Sem exagero. Você leu o livro, obviamente. Eu sabia que era ótimo. No dia seguinte liguei para Rascal e comentei o livro com ele, disse que eu mesmo ia editar e que o contrato seguia naquela tarde pelos Correios.

[editado]

---

* Pereira editou o trecho da entrevista em que Moura contou o nome do preparador de textos, se é que ele contou mesmo. Foi feito novo contato com Moura, mas ele se recusou a dizer o nome do preparador. (N. do E.)

Queria conversar agora sobre como foi quando ele saiu da editora...

Péssimo.

[silêncio]

Foi uma situação que me magoou bastante, essa é a verdade. Demorei mais de dez anos para digerir. Primeiro logo culpei a Aquino. Ela foi o elemento novo na nossa relação. Rascal ainda era um jovem e foi manipulado de certa forma. Mas com o tempo minha raiva foi passando dela para ele. Eu que havia lançado o seu primeiro livro quando ele era um desconhecido, eu que editara e lançara o romance. Tínhamos uma relação. Mas, novamente, com o tempo, a dor vai passando. A verdade é que nunca mais nos encontramos depois disso.

Mas você tentou trazer a obra dele de volta em duas concorrências.

Sim. Não sei como soube disso, mas enfim, posso imaginar. Então, o que aconteceu foi que, como sabe, minha editora já não era só minha. Somos um grupo agora e seria estupidez não entrar nas concorrências. Meus sócios achavam que eu poderia ganhar se apelássemos para o emocional. Eu sabia que não ganharíamos, mas engoli meu orgulho e entrei no jogo.

[editado]

Você disse que digeriu depois de mais de dez anos. Como?

Lendo a porra do romance de novo. Desculpe o palavrão.

[silêncio]

Foi por um diálogo. Um diálogo me fez aceitar. Não digo perdoar. Ainda acho que ele me traiu, de certa maneira, ele, não a agente, não a mulher. Ele decidiu.

E que diálogo foi esse?

É mais para o fim do livro quando Angela e Lucia conversam. Sabe essa parte?

Sim.

Eu não lembro mais as palavras exatas, mas era algo tipo assim:
"Em algum momento você vai se decepcionar com uma pessoa, mas a culpa não será dela, mas sua.
– Como assim?
– As pessoas não são somente elas, mas a forma como o outro as enxergam, completam as lacunas. Completamos a escuridão dos outros com nossa luz e depois os julgamos embelezados com nosso brilho. Mas isso é um erro. É nessa falta de luz que está a verdade impossível de ser decifrada. Lá está a verdade de cada um. É lá dentro que tudo acontece, as decisões são tomadas. Principalmente as decisões que machucam outras pessoas.

– Não entendo.

– E não dá para você entender mesmo, por enquanto. Mas confia em mim. O João que você amava, ama, sei lá, não existe. Ele é apenas uma pessoa perfeita que você tirou da pedra bruta do que ele te mostrou até agora."*

---

* Essas são as palavras exatas do trecho mencionado do romance *Veranico*, p. 147 da edição original. (N. do E.)

18 DE JULHO DE 2014

Segunda entrevista com a agente literária de AR.

Curiosidade: foi ela quem me ligou para marcar a entrevista, sem antecipar o assunto. Fiz o jogo e não perguntei o motivo:

Chamei você aqui porque temos desdobramentos depois da nossa conversa inicial e achei que gostaria de conversar.

[risos]

[sorriso]

Achei que essa fala deveria ser minha.

[séria] As próximas podem ser suas então.

Da vez anterior, a senhora comentou que sabia que AR tinha escrito nestes vinte e seis anos de silêncio editorial.

[sem som, mas aceno positivo de cabeça]

Esses trechos que recebi são do que a senhora estava falando?

Eu conhecia o texto do atropelamento, sim. O segundo trecho eu não conheço, queria até uma cópia, se possível.

Posso mandar o arquivo por e-mail depois. E sobre o texto do atropelamento – chamemos assim; quem entregou o texto para a senhora?

Prefiro não entrar em detalhes, isso não tem importância. O texto é autêntico.

Eu discordo da senhora, se me permite. Tem muita diferença para mim saber quem lhe mostrou. Se foi o próprio (e quando isso ocorreu). Se foi a mulher de AR (e quando ela te mostrou) ou se foi o filho (e quando ele revelou essa existência)...

A minha relação com meus clientes é de absoluta confiança. Não tenho direito de romper essa parceria. Mas você sabe a resposta. Eu sou uma pessoa que não tem o hábito de mentir. E na entrevista anterior disse que Antônio nunca me mostrou nada.

Bom, isso diminui as possibilidades. Mas ainda não fico satisfeito. Estou no meu papel de biógrafo, se me permite, preciso buscar a verdade e esse dado pode apontar respostas.

[silêncio]

Veja bem, deixe-me deixar clara a diferença. Com a esposa de AR, até aqui, tive conversas atravessadas. Ela nunca parece muito disposta a me revelar quase nada, mas, ao mesmo tempo, entregou-me, sem eu pedir, dois trechos inéditos. Isso me faz sentir desconfortável, porque é um jogo duplo, parece que ela, de alguma maneira, está me manipulando.

Isso não faz sentido algum.

Talvez não. Eu ainda estou aprendendo a ser um biógrafo, mas minha primeira lição parece ser: desconfie sempre. Eu procuro contar a história de uma vida e a pessoa que poderia mais me revelar não quer conversar, mas me direciona por um caminho. E depois tira a ponte que me levava a esse caminho. No momento, eu me sinto como que tentando me manter de pé numa ponte que não existe mais, um centésimo antes de cair.

[silêncio]

Caso tenha sido o filho de AR quem tenha entregado para você o texto, a confissão, acho que seria diferente.

Por quê?

Com Gabriel Rascal minha relação foi diferente. Ele se recusou a falar comigo, nunca atendeu os telefonemas, mas no primeiro e-mail mandou a biografia de sua relação com o pai, digamos assim, como resposta. Ele também, de certa maneira, tentou me direcionar para um lado, talvez outro lado, talvez o mesmo.

[silêncio, mas Aquino parece incomodada, bastante incomodada]

A senhora sabia que o filho de Antônio tinha me mandado esses textos?

[silêncio]

Pelo silêncio e lendo suas reações eu imagino que não.

[silêncio]

Interessante. O que me leva a crer que quem te mostrou o texto não foi ele, mas ela.

Por que tirou essa conclusão?

Sua relação com seus clientes é de confiança, recíproca. Você sabe e prega isso. Gabriel Rascal me mandou trechos que não te mostrou, muito menos revelou o teor. A senhora sabe que Paula não faria esse jogo. Ela te mostrou os textos antes de te mandar.

É uma hipótese. Mas então por que eu não estaria me sentindo traída por Paula que te mandou um segundo trecho sem passar por mim?

É uma boa teoria, mas posso ter outras hipóteses. A primeira é que na verdade a senhora conhece esse trecho.

Olha lá, menino, que agora você me chamou de mentirosa. Não admito essa ilação.

Desculpe. Essa é a hipótese fácil, mas que não me interessa. Retiro o que disse. A minha hipótese tem duas cabeças. A primeira é que você desconfia que o trecho, ou o conto, é inofensivo. A segunda é que aquele trecho nem verdadeiro é.

[silêncio]

Mas o que me interessa nessa hipótese de duas cabeças é a conclusão análoga. O quão importante – e talvez verdadeiro – é o trecho do atropelamento e da confissão. Ele é quem te fez me chamar aqui. Você quer saber a minha leitura desse trecho, como eu vou encaminhar isso na biografia.

Na verdade, não. Eu prezo pela obra de Antônio, zelo por seu presente e futuro, mas sou apenas a agente. Não tomo as decisões.

[silêncio]

Eu te chamei aqui para te passar uma informação. Você está autorizado a publicar o trecho que recebeu, na íntegra, na biografia.

Não entendi.

Você entendeu, sim. Faremos um contrato e vamos amarrar as cláusulas e os direitos autorais, mas o que estou dizendo é que a família de Antônio permite que você publique na íntegra o trecho do atropelamento na sua biografia, e vamos deixar claro na divulgação do material que na biografia consta um trecho inédito de Antônio Rascal.

[editado]

25 DE JULHO DE 2014

Depois da entrevista com a agente literária me vi preso numa imobilidade de uma semana. Para usar uma expressão que ela mesma usou na primeira entrevista, uma fuga imóvel. Eu não consegui mais andar com a biografia. Não sabia qual deveria ser o próximo passo, se era eu mesmo quem deveria dar o próximo passo ou não. De repente, minha impressão era que não tinha dado passo algum o tempo todo, apenas um peão num jogo em que eu era o objeto que estava sendo mexido, empurrado, não o jogador. Parece que eu não fiz nada esse tempo todo, minhas descobertas, apenas revelações feitas por outros, em momentos escolhidos. Minhas dúvidas, apenas dúvidas previstas por outros. Mesmo a minha decisão de escrever a biografia parece que foi feita por outro. Por isso eu entendi que deveria voltar ao início: quem me contratou para escrever a biografia, o editor.

Eu telefonei para ele há pouco, pedi para marcar uma entrevista para discutir alguns pontos que eu considerava obscuros na minha pesquisa até agora. Ele aceitou e disse mais: "Quando quiser."

Eu respondi que por mim poderia ser no dia seguinte, pela manhã. Ele disse que essa semana não poderia, mas na segunda seguinte, sem problema. Eu aceitei.

A confirmação da entrevista me tirou do marasmo. Vou fazer algumas pesquisas extras até lá. Preciso ir até a Biblioteca Nacional pesquisar os jornais da época do atropelamento. Também quero achar a tal da foto de AR vestido de palhaço no desfile do Salgueiro. Ao trabalho!

Antes, olhei novamente o e-mail da notinha. Nenhuma história, quarenta e seis spans.

26 DE JULHO DE 2014

Cheguei à Biblioteca Nacional de manhã, por volta das 10h. Passei horas olhando microfilme atrás de microfilme de capas de jornal. Pitombas disse que me daria a data exata, mas depois nunca mais me deu a informação. Eu desisti de esperar e parti para a pesquisa. Era isso, afinal, o que eu deveria fazer, pesquisar, cavoucar. Quando já estava pronto para desistir e xingar até a quinta geração de Eduardo Pitombas, eis que a foto, afinal, apareceu.

Fiquei tão feliz. Eu olhava, sorria, olhava, sorria. Sentia-me realizado, como se fosse uma grande descoberta. Ali estava a foto descrita: AR fantasiado de palhaço, braços abertos ao céu, as arquibancadas da Rio Branco desfocadas margeando a ala. A imagem linda, plástica, digna de capa de livro. No microfilme, a foto não era nítida. Poderia ser AR ali, mas também poderia não ser; poderia muito bem não ser. Mas deveria ser, afinal ele contara a história para Pitombas e ali estava a prova.

Pedi uma cópia impressa, na esperança, vã, de que assim a imagem seria mais clara. Não foi. Mas o que importava era a descoberta, um fato da personalidade de AR que ninguém conhecia e que num trabalho de biografia muito bem-feito viria agora a público. E com a data exata e o jornal onde saíra, eu poderia ir aos arquivos do periódico e comprar a foto original. Isso existe, não? Acho que sim.

Mas da biblioteca para casa, o metrô e muitas estações, uma caminhada e eu cheguei aqui com o ânimo diferente. O que aquilo importava, afinal, para quem aquilo importava? Poderia ser AR, mas poderia não ser. E se fosse, o que isso adicionaria para entendermos o Antônio escritor se esse nunca foi um tema nos seus livros. E mais: a foto era de juventude, anterior ao grande segundo livro, anterior ao filho, anterior ao atropelamento, se esse tiver existido, anterior ao silêncio.

A foto, ou a cópia da foto, escura, com uma pessoa vestida de palhaço, maquiada, rosto branco, roupa vermelha brilhante, perdeu toda cor.

Era ele, mas poderia não ser, como o texto da confissão era real, mas poderia não ser. Minha pesquisa ancorada sempre em dúvidas, incertezas. De repente comecei a duvidar de tudo e todos novamente. De mim, principalmente, da minha ca- pacidade para ler o que tinha em mãos. Mas o que tenho em mãos? Nada, apenas suposições, hipóteses. É preciso mais do que isso para decifrar uma pessoa, contar sua vida, contar como AR conseguiu escrever livros tão importantes, como ele conseguiu deixar de escrever quando o mundo a sua volta pedia mais e mais. Eu fico olhando para essa foto dele vestido de palhaço, braços levantados, sorriso de setenta dentes, e acho que cada vez mais entendo menos quem ele foi.

Tenho vontade de desistir.

Para completar, o editor manda um e-mail adiando a entrevista.

29 DE JULHO DE 2014

O que sei até agora, uma lista aleatória:

- que AR era uma pessoa insegura com o que escrevia (vide reunião com o primeiro editor e agente);
- que gostava de Carnaval;
- que o filho dele se vê na sombra do pai; e AR nunca fez nada para que o filho não se sentisse nela;
- que AR gostava de apostar (Jockey e "vamos apostar" com a agente);
- que o trecho do atropelamento pode ser verdadeiro pelas circunstâncias locais.

O que me incomoda:

- Relação com a mulher aparece pouco ou nada nos livros e nas entrevistas ou no trecho do filho; não se fala em brigas, mas nem em amor.
- O que AR ficava fazendo todas as manhãs naquele escritório que o filho narra?
- Que as circunstâncias locais não fazem do trecho do atropelamento verdadeiro por si só.
- O segundo trecho é verdadeiro ou não? Como ter certeza?

9 DE AGOSTO DE 2014

Vim de carro até São Paulo, estou num hotel barato, escolhido por não ser longe da editora, duas estações de metrô. Quero evitar o trânsito e o estresse, por isso cheguei um dia antes. Minha cabeça precisa estar limpa na hora da entrevista. Fiz um pequeno roteiro do que vou perguntar. Preciso decorar esse roteiro, não deixar a conversa tomar outro rumo ou que seja cortada pela metade. Também não posso parecer hesitante ou não suficientemente informado. Preciso impressioná-lo.

Roteiro de perguntas:

- Como conheceu Antônio Rascal?
- Qual sua relação com ele?
- Relação atual com esposa e filho?
- Contar sobre os trechos inéditos.

Se a conversa permitir:

- Opinião sobre o atropelamento; falar da minha teoria de que o trecho é verdadeiro.
- Contar que viajei para Itaipava-Nogueira.
- Sondar sobre verba extra para viagens, talvez para Londres, para encontrar o filho.

1º DE AGOSTO DE 2014

Anotações sobre a reunião com o editor. Esqueci-me de ligar o gravador do celular e a conversa foi confusa. Rascunho aqui rapidamente para não esquecer.

A reunião estava marcada para as 10h. Cheguei às 9:50 e me anunciei na recepção. O editor ainda não estava lá, mas a secretária foi cortês comigo, pediu desculpa, sabia que a reunião estava marcada e disse que Pedro Lustosa iria chegar a qualquer momento.

Às 10:15, ainda nada, um entra e sai de pessoas, possivelmente funcionários, e motoboys. A secretária apareceu na recepção e me informou que ele já chegaria. Perguntou se eu queria um café. Aceitei. Ela me convidou para a sala de reuniões. Eu disse que não precisava. Ela trouxe o café – horrível, morno – e tomei ali mesmo. Agradeci.

Às 10:30, o editor chegou e aí foi um turbilhão. Ele passou direto por onde eu estava sentado, jogando bons dias ao léu para as secretárias e os funcionários, mas sem parar ou virar o rosto.

Levantei da cadeira, mas não sabia se o seguia, indeciso. A recepcionista fez um sinal com a mão para eu esperar.

Sentei.

Dois minutos depois a secretária ligou para a recepcionista e disse para orientar-me até a sala do editor.

A porta estava aberta, a secretária na porta. Ela fez sinal para eu que entrasse e ofereceu outro café. Recusei.

– Entra, entra.

O editor ainda estava em pé, esticado sobre a mesa, olhando uma prova de capa que uma pessoa apresentava.

– O que você acha? – ele me perguntou. A capa era uma foto em preto e branco de uma rua vazia, o chão molhado, prédios de arquitetura antiga. O nome do livro estava ilegível com aquela fonte, pelo menos na distância em que eu estava. O nome do autor, em amarelo, era maior, chamativo.

Eu demorei para responder e o editor não perguntou de novo, apenas pensou em voz alta.

– Não sei, não sei. Deixa aqui que já te respondo.

A outra pessoa saiu da sala em silêncio.

– Então... – ele disse, e me esticou o braço para um aperto de mão.

Ele sentou, ligou o computador, digitou alguma coisa e olhou para mim novamente.

– Senta, senta.

O roteiro, eu pensei.

Mas ele:

– Então: temos ótimas notícias, não é?

Uma pergunta-afirmação, mas eu não sabia a resposta. Minha expressão facial revelando meu embaraço. Ele percebeu.

— A agente de Antônio me ligou. Disse que a esposa te entregou dois trechos inéditos e que poderemos publicar junto com a biografia. Fantástico!

Fiz que sim com a cabeça, mas estava incomodado, novamente com a impressão de ser um peão empurrado num tabuleiro, sem saber que na minha guerra eu não decidia nada, apenas marchava até ser trocado por um cavalo.

— Ei, rapaz. Anime-se. Tiramos a sorte grande.

— Sobre os trechos eu queria...

— Um segundo, ele disse, com o dedo em riste, e fez uma careta quando olhou para o computador. Pegou o telefone e disse para a secretária ligar para uma pessoa. Enquanto esperava, com a mão no bocal do aparelho, disse que não ia demorar.

Eu aproveitei a interrupção para me acalmar. Pensei no roteiro. Se ele deixasse, tentaria de novo. Queria conversar com calma sobre a relação dele com o autor e com a família antes de entrar na história dos trechos. Aquilo era uma reunião, mas também uma entrevista de pesquisa.

— Vamos lá, ele disse. Como está a biografia? Com quem já falou?

Não era o começo ideal, mas estava melhor. Disse o nome das pessoas com quem já tinha conversado e brevemente o que tinha descoberto.

— Não quero me meter muito — ele disse, já se metendo —, mas estou achando que até agora sua pesquisa está muito editorial. É importante, mas os leitores querem mesmo saber quem era Antônio Rascal na vida íntima. Como ele era na infância, como virou escritor, como conheceu a esposa, se traía essa esposa. Não, melhor não falar isso. Hahaha.

– Ainda estou no começo da pesquisa, pretendo chegar nessas questões, ou pelo menos em algumas delas. Mas, para mim, a questão central sempre foi por que Rascal nunca publicou mais nada.

– Claro, claro. Essa certamente é a pergunta, mas não se esqueça do resto. Aliás, o resto é que vai dar subsídios para você tirar suas conclusões para a resposta.

Eu percebi que ele não sabia do que tratavam os trechos inéditos, especialmente o do atropelamento. Se soubesse, estaria quicando na cadeira.

Outra pessoa entrou na sala, ele me apresentou, mas já esqueci o nome. Ele rubricou um sem-número de páginas sem olhar. A pessoa saiu.

– Vou ligar para o Roberto.

Eu achei que não era comigo, mas era.

– Ele pode te ajudar na biografia. Ele é craque nisso, faz as melhores aqui da casa.

Desligou.

– Ele não está em casa. Vou pedir para a minha secretária te passar o telefone. Liga mesmo, viu? Ele pode te ajudar.

O primeiro funcionário apareceu na porta:

– Ainda não tive tempo de olhar. É para quando?

– Roda amanhã.

– Tá, tá. Já já libero.

O funcionário saiu:

– Essa capa, não sei, não. Tem alguma coisa…

– Como conheceu Antônio Rascal?
– Ah, vamos falar disso?
– Podemos?
– Tudo bem, mas não tenho o que contar. Nunca o conheci pessoalmente. Sempre tratei de tudo via Aquino.
– Nunca o conheceu?
– Não. Isso não é engraçado? Nunca o conheci.

Dois funcionários apareceram na porta. Tinham cara de editores, óculos de editores, camisa social de editores, barba de editores.

– A reunião – um deles falou.
– Já?
– São 11h.
– Já vou, já vou – disse, se levantou e esticou o braço para mim. Desculpa, mas estão me esperando. Foi um prazer. Precisamos conversar novamente sobre como usar os trechos. Você já pensou sobre isso? Não se esquece de ligar para o Roberto.

Eu fui embora, sem pegar o número do Roberto.

POSFÁCIO

O homem que vive dentro da própria sombra

Roberto Otaviano

É necessário que *Tentativas de capturar o ar* seja lido pelo prisma de um livro de busca, gênero popular na literatura universal. A opção por classificá-lo como biografia resultaria num fracasso. O que temos aqui é o prelúdio de uma pesquisa biográfica, amparada por um par de diários (dos quais discutirei mais tarde o valor), uma série de entrevistas editadas e incipientes, um trecho inédito interessantíssimo e um conto que se pretende inédito mas não é.

Comecemos por aí, então, para reforçarmos a ideia de livro de busca. O conto intitulado "Mas, não" foi publicado originalmente com o título de "Aqui não" (sem a vírgula) na revista *Brás*, nome dado em homenagem a um personagem de Machado de Assis, em 1984. A revista teve apenas dois números naquele mesmo ano. Julgando-se pelas datas e pela entrevista de Zélio Moura, primeiro editor de Antônio Rascal, publicada neste mesmo livro, tudo leva a crer que "Mas, não" seja de fato um dos dois contos que foram retirados do primeiro livro de Rascal, lançado meses antes da revista: "O outro eu não tenho certeza. Acho que era um conto sobre o primeiro amor de um garoto. Não encaixava com o resto do livro."

A mudança de título sugere que Rascal tenha retrabalhado o conto posteriormente. O cotejamento entre o conto publicado em 1984 e o que está impresso nesse livro aponta uma mudança substancial. A versão original termina dois parágrafos antes, sem o adendo pós-colégio. Esse fato, em si, corrobora a visão de que Antônio Rascal escrevia depois do momento que parou de publicar, embora essa adição de parágrafo possa ter sido feita num momento anterior à publicação de seu último livro. Nunca saberemos. Ou pelo menos não sabemos no momento, sem uma pesquisa biográfica maior e uma série de novas entrevistas. Cabe ressaltar que o resto do conto tem apenas cinco alterações, pontuais, em relação ao que foi publicado, duas delas emendas erradas que saíram na edição original.

Partamos então para o trecho que é de fato inédito, chamado de "Quedes ou A rigor seria isso". A hipótese de se tratar de uma confissão que explicaria o sumiço literário de Rascal já foi trabalhada de modo produtivo por Alexandre Pereira. Novamente, reforça-se a ideia de busca com a viagem para Itaipava–Nogueira e a tentativa de localizar nas cidades em questão a obra (ou o atropelamento). Não pretendo discutir a veracidade de tal hipótese, trabalho que deixo para um biógrafo futuro que há de existir. Quero apenas pensar e discutir os pormenores do trecho. A opção por titular o trecho me parece interessante e indicativa. O nome

"Quedes" reforça a ideia de confissão. Está em Josué, capítulo XX, que esse seria o local de cidades-refúgio (contra o vingador de sangue) para aqueles que mataram sem intenção. Chegando nessas cidades, o perpetuador deve expor sua causa aos anciões da cidade. De fato, Rascal cita tal confissão aos anciões ao filho, fato que passou despercebido para Pereira. No entanto, o segundo trecho, chamado "A rigor seria isso", nasce entrelaçado, quase dialogando com a confissão. Eles não correm paralelos, mas se retroalimentam numa construção utilizada por Antônio Rascal em "Sinergias", conto de seu primeiro livro – espanta-me, sobremaneira, que Pereira não tenha notado tal coincidência. Uma confissão em primeira pessoa para um filho não precisaria ser acompanhada de uma descrição que se propõe limpa (mas não é, obviamente). Esse entrelaçamento sugere que os trechos foram escritos concomitantemente. Não é possível cravar que o texto é ficcional ou não, mas o fato de que Antônio Rascal já lançara mão de tal construção em uma esfera ficcional sugere que o texto não é real. Porém, como Pereira coloca em sua análise, existe a possibilidade de o autor usar um estratagema que ele domina na ficção quando necessitar tomar para si um discurso confessional. De fato, na obra de Rascal, o autor utiliza com frequência a primeira e a terceira pessoas na narrativa e a escolha de palavras e expressões não nos permite certeza quanto a se tratar de uma narrativa ficcional ou não.

A escolha do editor deste *Tentativas de capturar o ar* ao se valer da extensão completa do diário que Pereira utilizou durante a pesquisa para esse livro me parece acertada, e aqui falo especificamente do trecho intitulado "Autobiógrafo/grafia". Imagino que a inclusão do trecho gerará polêmica, mas a presença do excerto no livro corrobora a minha teoria sobre livro de busca. Esse debruçar-se sobre si próprio durante a escrita de um livro nada mais é que o processo de busca se desenrolando de maneira descortinada aos olhos do leitor. Naquele momento, mais do que a biografia do autor do livro ou do autor dos livros (Alexandre Pereira e Antônio Rascal, respectivamente), está a inflexão da obra de Rascal, e principalmente a busca pela identidade de Rascal, nos diários do filho, a busca do autor como autor. A identidade de Pereira vaza para o livro que ele está se propondo a escrever. O mais interessante, no entanto, é saber que o livro nunca foi escrito, o que emperra a resposta sobre o quão a busca de si por si inundaria a biografia.

Passamos então para a seção chamada a "A biografia possível do meu pai". Se alguma parte do livro pode ganhar a denominação de biografia, é essa. No entanto, mesmo assim ela é incompleta e se adaptaria melhor a uma noção de memorialismo. Há um duplo aí com os diários de Pereira. Sabemos que os trechos do filho interferiram bastante em Pereira. Mas a noção básica é a mesma. O filho parte da memória de trechos selecionados de sua vida para buscar seu pai, ou como a figura de seu pai interferiu nela. Novamente, o que lemos é um trecho bruto da busca de si para si, inflexionado pela sombra (nas palavras do filho do escritor) do pai em sua vida. Salpicado aqui e ali conseguimos enxergar AR dentro de casa, no cotidiano, no escritório, em festas, falando ao telefone. O filho fala em sombra, mas a figura de Antônio Rascal que ali aparece está dessacralizada, nua. Não temos um super-herói obscuro, mas um homem que, por si só, vive dentro de sua própria sombra, o que coloca o filho duplamente dentro da sombra do pai, portanto incapaz de decifrar até mesmo aquilo que conta. Ele nos mostra Rascal de um jeito que nem mesmo ele enxerga.

Voltando à parte da autobiógrafo/grafia, é interessante notar a clareza momentânea de Pereira ao entender, ou ao menos vislumbrar, que a biografia não deveria se ater somente ao motivo (se houve motivo) que levou o escritor a não mais publicar. É imperativo que novos estudos e biografias tentem entender quem era o homem que escreveu *Veranico* e os outros dois títulos, um dos autores brasileiros mais importantes dos últimos trinta anos. Enfim, que essa busca relatada em *Tentativas de capturar o ar* traga uma nova onda de investigações sobre o fazer literário de Antônio Rascal.

AGRADECIMENTOS

Mauro, por ter salvado parte indispensável desse livro perdido nos confins de um HD corrompido.

Rafael, Lucia, Marcelo e André pela leitura do livro quando em progresso.

Dr. Jofre Cabral e equipe, dr. Francisco Nicanor, dr. Renato Sá, dr. Cristos Pritsivelis e dra. Renata Lerner, por tudo.

Este livro foi impresso na Intergraf Ind. Gráfica Eireli.
Rua André Rosa Coppini, 90 – São Bernardo do Campo – SP
para a Editora Rocco Ltda.